赤木文庫本「さくらかゞみ」

續さゝれ浪

発句一句入料　弐匁
歌仙一巻入料　金一歩

右ハ無瑕蔵比書了のさゝれ石を拾ひ並ふか川
八幡宮奉納のさゝれ句とも不残集メ候付
板行仕[illegible]中ゟ[illegible]発句[illegible]入[illegible]其の外ハ
花の二千[illegible]いつ迄成とも[illegible]発句入料[illegible]添
[illegible]出来の上本一部づゝ[illegible]仕[illegible]

享保十九寅歳
五月吉日

四日市　廣小路
[illegible]
吉田魚川

日本橋南二町目
小川彦九郎

旧和露文庫天理本奥記

目次

さくらかゞみ

凡例

一、管見無刊年記本中では、天理曼魚本を一番よしとみる。恐らくは伝本中の最早印か。但し、題簽欠。有刊年記本では村野旧蔵赤木文庫本が保存完、最も佳本である。

一、底本を、初版の無刊年記本によるか、修正後印の有刊年記本をとるか、論の存するところだろうが、あえて題簽欠の無刊年記曼魚本を以て充てたのは編者の初版初印好み、別に他意はない。

序

しろけれは白ゝ花や香世界乃風情
真木に壽して是を四方に
弘くるもの八陽乃徳字孫章
おのぞ黒頭公を
感ぜしめて

其端に示ス喝

雛の数人

一塊書

女

江戸町右

菱屋忠右衛門内

去年町中て見るも桜の名　一重

あの桜添衣装もうちさかりかな　恋みし

画の人帰りて自の桜ゝの華　書本

同

万字屋□□□内

おうけへさくらを写して帰り道　清花

桜みも匂ひを添てぬらしけり　八重菊

水彩へ□彩筆写て桜の華　今川

留守こんと経やはさくらの船　吉十良

桜見よ蝶針の旭もよそて候　市橋

ほり川ゝ川　蝶のちりくるさくらのはな　花里

桜ちらあつゝくるのも九日かな　清玉

同　玉屋三郎右衛門内

そこ飛ても人めちる酔ぬさくらかな　千代里

ひさかたに真直しなし桜人　きさらぎ

同　山屋七左衛門内

我うへし桜をおしめ清しめ引　白糸

見てのこや人にあきしめ留さぬ花　春日野

まつりしめ花ちりしや玉箒　小菊

今出来より詮ハさくらにめくまる　音羽

浜屋敷の花尾ハ桜にたのミけり　あやめ

見わたしのさくら哉おもて吉野とは　八雲

お釈迦さま園で見かける桜かな　ゆかえ

八朔の茶屋を思ふやさくら花　立花

さくらちる観音さまの矢先かな　松之

傘いらぬ雪ゟ降るさくらかな　菊川

かよひ路の桜やたゞよ清の八重　夕青

桜のゝ化さ移るや盃さす手　いりへ

さくらのゝ桜へうつる下戸の色　和國

桜かしつねてよ清涼寺奥乃院　難波

桜とハおりひとのうも重の峯　吉岡

今来るハ桜よ待ん暁さめゝ日　よし野

比華にも見て和らぬ第ゐ漢毛佛　三芳

桜ちる春も麓あくるをはう残とも　玉菊

性悪る字悩るよ桜みさわろうす　糸桜

桜みも出ぬるを庭あかるらつ八ね　ヤリテ　たつ

同

万字や又左衛門内

うつ鉄て今咲花や果さくを免　花里

いつくの人とあるめも桜ゝの名　一重

大門ゝ鶴の恵仙我や花さう主　江口

三

咲ほけの木きは何し姥さくら　苑涼

ちりそ咲桜[illegible]家もん　喜村

八重一重高も都の江戸桜　京 花泉

[illegible]迄くも地主の花見かな　日 日の本

[illegible]のもまさそく住ん糸桜　日 江川

風ふけてさらしハかれ戸帯鶯　江めし

花墨に花めきあ数りあしらふ鶯　宮古

来め人[illegible]へてさくら[illegible]　竹巷

札きのふあしな[illegible]て見ん　李浦

花の[illegible]花のおいさ[illegible]折りけし　初苑

同　　　　　　　　　　　　玉屋山三郎内

華へゑんまゆり桜のひいながりに　　陸奥

薫ぬし伽羅の香もさ何さくら　　若紫

酒に酔ふ人もつれなし桜かな　　川の竹

同　　　　　　　　　　　　桜や甚右衛門内

色もかもちるへのゝ美さくらかな　　和国

恋の花見の名も紛さくらかな　　みなと

逢見ての後のおもひも桜かな　　あやさ

鏡台も分ル鏡ハ桜の人ぬりかな　　小倉

夕暮や鞘ともめあまたさくらの春　　玉菊

ちと醉て帰るも嬉しさくら狩　白梅

思ひ出や桜も清水の糸さくら　矢々也

人ちりて言もさくらの匂ひかな　涛川

同　大津や庄右衛門内

桜さく遠くて近しあかぬ人　玉菊

いろしの桜やいろ多葉拾ひ入　高のあ

引ちぎる結ひの紙やいとさくら　染幕

同　かめさや理右衛門内

衣くの桜よ菓屋ハ高のりけ　山の人

舟中のてらしちん桜あふき染　袖浦

格子のうち続きて出たや遠桜　おかね井

きえぬ候厚紙のうち西し白かな　立花

同　大上総や沼たちの内

みてのうや人よりかしん桜哉
手もとに折て出づしにせん

一枝ハ取おとりもく人さかしか　和雪

きぬくや尾崖さそり花の香　喜休

桜森や着衣りきあり縫ハなし　あけ置

うなつりや森く桜見あり越し　三雪

六ツ切門やきえぬのたく雨り　岩崎

素をうしいりあさりの桜の角　大岸

る場の方は門をあけさし桜道　重巻

は中は家もあらんさくら垣　浮雲

より合く棒よりけふ桜りゑふ　飛梅

かりやんの自りしきゐや桜うけ　主永

れく〳〵見え〳〵続くかりひのいく〳〵桜　奇濤

古の月、富し桜は中しふつ雅　こよし

同　俵屋傳右衛門

此方へ数ふ十番の富山さのみは　富山

紙花一札つけく出さく〳〵ふ　尾上

人よりもさきに咲かし飛さくら　武鳥

馬道も近し桜のちりあくた　金太夫

道哲やさくら中を路しるへ　初花

同　巴屋源右衛門内

京町の窓から見るや八重桜　維志

夕霧や桜色紙も地紙画　柏木

桜さく人も茶屋より続く山　豊浦

見さくらや焼火芸の読世書　通路

いさしきや油海しみえ糸桜　花山

こりくしや桜のえはのさくらかな　初菊

同　天満や仁右衛門内

初つゝ若のさかりハ惜て山めくり　八千代

邪魔をさへらよこめて見てゆくい　かしく永

なくしし二ホ子出ゝ折花見卵　松浦

風ふけを肉て楽しる桑の羽り　初袖

江戸町二丁目　小松や吉扇館内

ちゝあゝ見よし東納桜ゝり勇　扇永

さゐらハゝを源氏の兵ハいせ世話　花井

捨ておけんの駒をさゝゐらハゝけ　ミさ紀

折くもも見物桜の木の富よゝ　夕雰

桜見といつて律義な人もあり　花きく

夜目遠目笠の内なし糸桜　亀菜

同　兵庫や平左衛門内

花も花も柳も花さくらしだれ桜　花村

みつや風まてあひ隠て花見白士　三井

打かん人おそろし花桜ふかな　ふ園

吉川なんけさむしやみよ残か山桜　花〳〵

雲の山系須くしいもまよ見るうれ　こゝろ

同　平野や平九郎内

花盛そもじあつまる袖頭巾　こちへ

面見の国より参しなさくら狩　山木

招あまとせめて一日山さかり　ことあせ

同　丁子や長兵衛内

二階まで匂ひかゝやく山さくら　てう山

おりひめの出てまぬ客路茂桜　若糸

つゐと川も小紋堤口に山さくら　七重

同　松代や彦兵衛内

めくらしい桜よ桜のかゝみかし　花鶴

花桂て雲の二階の招いてし　小村

そうりちりし育て兄さき桜かな　まんよ

同　太田や吉兵衛内

女よりおとこは見もんなのちるな　書木

花あしや飛出して世八七龍　東路

鐘撞の桜見捨てありてさらひ　世話

うれしや桜子自の髪結部屋　さゝち

春まゝは見て来てもうふさくら　言羽

垣見は云ふいつ八山さかり　花梅

おそろしい素立も深るさくら　垂坂

桜見やきのふ飛うらし地梅し　大崎

見て地尽桜も終まも兵しな　小紫

桜一木あ雨狼藉の中ん入　栢紀

同　尾張や五兵衛内

れまるゝよ世経の中廊しや姥さかり　小太夫

ちり来てがちくかの子山桜　まつ風

短冊に匂ひを移さくらかな　ことの

梅しより愛敬いの花桜かな　初紫

川の出ゝくゝひくゝ咲き桜かな　九重

同　大松や市兵衛内

梅盛しさかりに冬の通ひ道　半太夫

我々も兄て来て愛よ桜人　松のえ

さくら花梅さくらしちる見事哉　よし松

風次第さくらに縁を結ひ　亀菊

格子より出八重なつて花桜　白笑

雛嶋よさく窓に見ゆる奈滝桜　若雲

ちらくに喜兵衛か山さくら　喜多

都来の家ちらにもさくら花　花海

短尺ハ男のかみてまつさくら　庵崎

きぬあつて東へ抛るさくらかな　万太夫

同　森河や久右衛門内

宇治川くゐや無よちきりの花のかけ　いく

同　亀甲や庄吉内

我ながら留主の桜にさそはれ鶏　筒井

梅花咲見しらて吉野ぞ桜かな　花村

雑の花ハ梅ありさへのさくら哉　ちさゆ

承書くさの見ありし梅本實　たつ梅

所まで法めて吉に筆をさ深　吉ろ

同　玉や庄兵衛内

花見とハ吉の名あまりかりし哉　玉世

同　額や七兵衛

梅見し花にあそひ色ありきかな　丹州

来る人よ来て我名ハ花よのへ　素鳥

まゝ一夜あるよかまん桜かな　　江口

同　　巴や喜三内

ちゝのつまのさかきの下ハ大一座　　豊浦

同　　家田や太左衛門内

桜子のしあまぶ太りし桜くのそ　　岩〻

花見みちをのゝ亮よりくる花　　ちとよ

同　　津国や佐兵衛内

眉毛をはおとして深見桜狩　　花園

同　　信濃や佐次右衛門内

羽衣もたつきもしまり花見かな　　あかよ

千本の桜て名のる咲出さまし　浦里

同　巴や君の丹

誰か花の我宿へ一重八重　山吹

上野みも猿や桜のせいくらべ　小主水

鐘あへ見し寺の花さかり　小太夫

恋降まて桜の中の町　せきゐ

通ひ路客しはしはるの花見かな　きん弥

一日ハ残日みつ花や盛かな　山の井

鶯の祢くらハふつ体さくらかな　小さと

花の名ゝ為あつ手や一の盛　ちりゑ

角町　　角万字や庄右衛門内

盲目ハ札をさゝりし桜かな　万葉

信心のかくうそつくさのれかな　むさし

同　　車桐や源介内

ゆらしらく桜をかしき遠目鏡　都路

歌声も屁らそまかし桜の名　宮さの

同　　亀甲や浅次内

桜えて見ぬく行く二月利　玉染

同　　橋本や五良八内

照深めや桜の中の染衣裳　花月

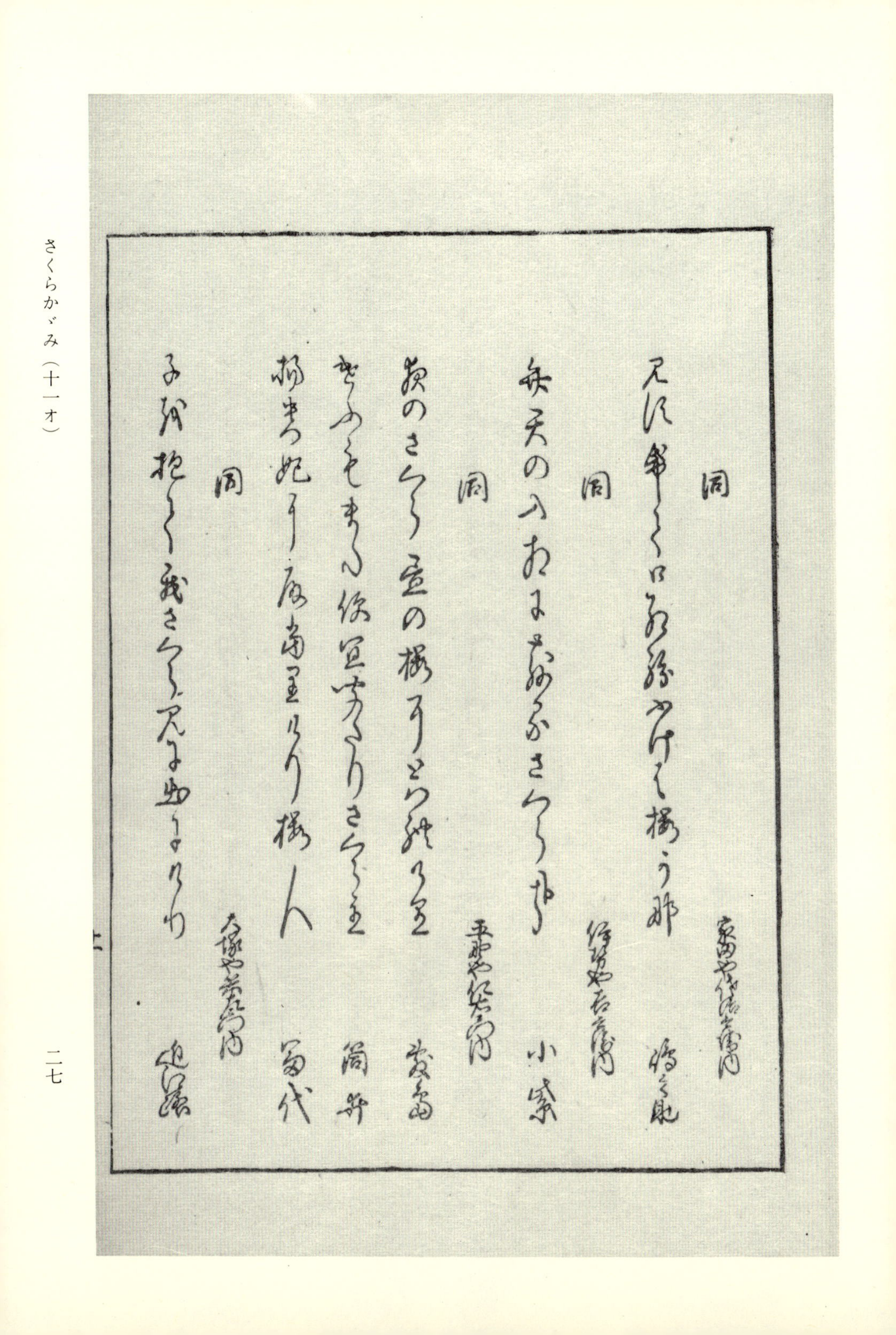

同　家内や[illegible]内

[illegible]桜かな　[illegible]

同　[illegible]内

弁天の[illegible]さくらかな　小紫

同　[illegible]や[illegible]内

[illegible]のさくら[illegible]の桜[illegible]　[illegible]

[illegible]さくら[illegible]　筒井

[illegible]桜人　[illegible]代

同　[illegible]や[illegible]内

[illegible]さくら[illegible]　[illegible]

千歳宮代咲せさし花さくら　吉十良

まちかねし雛白に門ちらぬる桜　石鼎

大門に三線ふりしのさかりかな　広丈

朝酒や此人の[illegible]律にさくら醒　玄村

同　加賀や杢之門

川亭に一枝のむさくらかな　若倉

あまさん花に侮(?)しお姥桜　長山

同　淡路や勢中良

吉野も退出雑にさくらかな　吉竹山

八ッ時に[illegible]東[illegible]に桜かな　清重

桜折る座 見えずや仲ふさかりかな　清山

同

名茶屋も雇ふ場しの番　山口屋忠右衛門内 庄太夫

地廻りとしいりんやれの桜かり　青山

同

いろくらべ恥ずかしげなる桜かな　菱や六右衛門内 九重

同

立ならふ幾本の桜の花ざかり色　大菱屋権兵衛内 少将

風よりも折る人つらきさくらかな　朝妻

桜咲く比や うけるゝ茶屋の庭　雲鳥

風かはちるなせよかしれさくら　柳樹

京町壹丁目

三浦四郎左衛門内

東風よ旅のつゝみぬさくら哉　山路

世のくもそれ程よの暮さへ宝　総角

綻きく風の匂ひやさくら精　志賀崎

東西もれ吉義話子入是花盡　三崎

同

いせや治左衛門内

まつぬき経名残く残たさくら哉　初風

種くまきて初花の精こゝ由　若木

いきりとの盛しかしつき櫻哉　手梅

夢しハぬれもかなも情比茶さくり　亀村

かりきや花紙ころし風しく舞盤　市門

折ふしもかしかしぬも帰しむ櫻かな　雲風

同

本氏小寺某山廣謂

浮ふさの箸をつけ見さくらし猪　凡然

咲さくしふ扇子同し吉野哉　清門

字義立然あらしの花の櫻かな　村瀬

尾竈燈り海さくら朝ぞ里　初風

札さくらまつ術の人のあり先ふ　万東

茶姿舞地をり門赤衣をよ袖つ結　茶烏

[illegible]桜[illegible]　玉鳴

同　さらに[illegible]句に

大銭屋久四良内

さゝ波に曲[illegible]出る日そ楽[illegible]　とき[illegible]

花の香に[illegible]　[illegible]里

かうせんの匂ひ[illegible]さくら[illegible]風　[illegible]

[illegible]桜し桜[illegible]寺　[illegible]門

[illegible]の下[illegible]木のさ[illegible]　[illegible]

世[illegible]桜[illegible]人　[illegible]

[illegible]　[illegible]の

同

[illegible]内

千載よ歌のちりかさくらかな　　円の村

去ふんでかかし読しも札さくらは　　去の原

同　　山かや文斎内

継拝拾う朝咲やむかしさくらかな　　吾斎

いと西りし衣かさきそふ漆竹寺　　卯園

去河ほりし流納む塚の名の桜　　八しや

読書の哲しも筆し粉ひ花　　清越

同

木の下風に名とりてと

猶見し名にあしく

老ず木しぬさうりて

山口屋加右衛門

咲千代し空にかし飛ぶ美長　　几帳

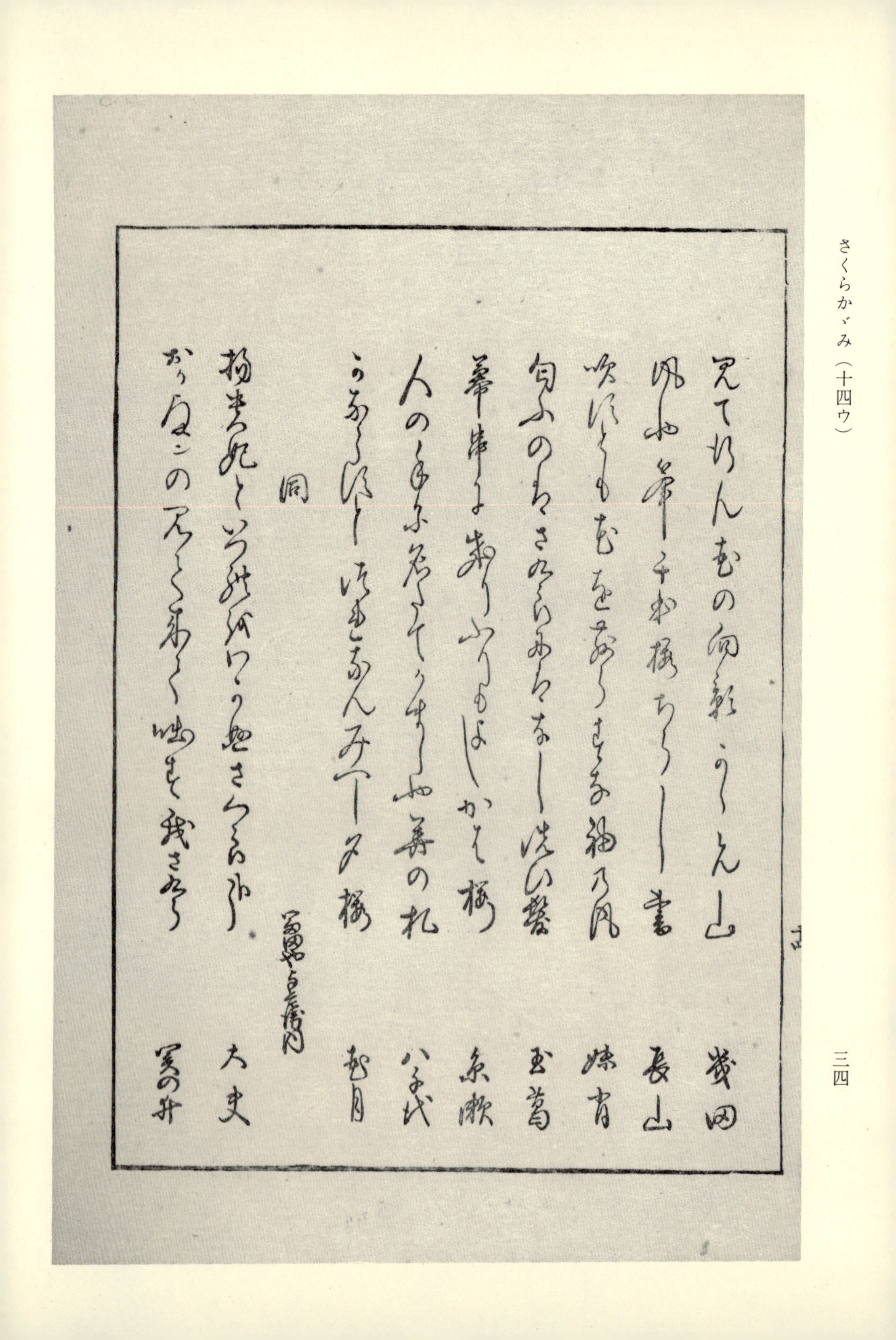

去やゝの海やちゝのゝ流れんと楚さて　和州

丸猿のひらくのぬうらやしき櫻　金蔵

同

三浦孫三郎内

地まかきを纏ふ櫻かゝのわをハ八のまき　勝井

九分京ちく大熊より出り尭之ふ　三山

山ち海や雪结もり切ふさらへ精　梅枝

氏あくて義の春やうし流かを　哥里

同

同源治郎内

生ゟしま連しもニ手に海やあふけ櫻　三浦

出頭ちくらへ又如鑑や家さたゝ　三河衛

見ぬうちも心にかけんさくらかな　初菊

同　[illegible]

よしあしも皆縁ある桜の華　萬里

自由なる花よ尊しゐ義の命　小恒

花あれは狂人と思やさくしなる　清水

おいと浦ちあやめりその義の庭　[illegible]

同　[illegible]

世を清めて化粧む葉や花乃春　あふ坂

植ゑしも織る浦や雪肌の主　大里

歎のちり子ちゝめちなる桜かり　坂余

雁の尾を踏ぬ小鳥またいしの場　つるよ

義の急もまつ紀の来るや春雨　玉川

つかむ筆も出る日のおんの桜かな　いま海

おつれ添人来りまわの汁　市村

同　桐屋三右衛門

ちかうそれ也をまゝそまつけよ京桜　都路

同　かゞや七兵衛

箱根より後花桜やうハき日士　与一嵩

相花の、のこ残ル余やい花さかり　杏瓣

振ゝ袖も似合ぬ那のさくらかな　乙ま

幕綱に面もみせぬあらし桜への曲　成壽

貸鍋代祠堂に並の茶屋の姉　かつら

ある幕さよ天地一枚幕張して　ひとん

藝者ともつなこの幕なし糸桜　よし紀

鴬笛みる桜に生しし夕書院　あふよ

同　京屋五郎兵衛内

幕杭の跡も荻の葉れさくらゝに　小弐ア

道具ありきとふの色山さかり　武の升

摘り花の花ようろほく日数に　かみ

咲ケ桜たもとりとの帰り揺し　梧の尾

十六

家もなし誰と知初さくら　小西

皆ちらす芳野も惑しや恋乃山　ことえ

華もなき人もさくらや弥生山　こよし

あはれさん夕日ののつや紅雲　呑舟

雛みも知ぬ妹の手折さくら　夜圓

見るかちる何も紙ぞ蝶さくら　竹川

鞠よくきく紙しく思ふか花盛　高橋

同　桐屋甚四郎内

指桜の名残をはね老乃雲　若瀬

枕屋もは咲たか八面花桜うつ鬼　清うら

梅みて見渡す櫻の毎あふき　八重桐

錦妙な人にてみのとむさうり　木村

同　鈴木屋佐兵衛内

むかしのひなふの井へ孔久り　松井

佩名めもこゝえる絲なむの孔　うら梅

咲あるん見えやしきめり華乃山　花よ

見ぬ無むも筆めもつゝや花乃山　吾妻藤

来くさりよおして妙がむの夕ぐれ　むら

今の我れも都やさくらの七ツ色　長国

かぬなさちて見てそろ〳〵花さうり　宮本

同　山口や恭七内

そのころやうつさはなりの花さかり　大峯

あさおりし桜の上つ清花のかな　正露

盛り人のさかりの合を契　初瀬

春くも久よ盛の一陣の花むしろ　花雲

嫁入りて花と花の身をかくしけり　大会

京町二丁目　但新町　[illegible]や[illegible]内

細も雨もそのやさくらの盛哉　吉岡

ふところに人も霞や花の山　山琢

縫針を形見の糸のさくらかな　小宰和

あく年に座する人も桜のつれゝさ哉　白〔印〕

守らむせの世よりかむせやをさくら堂　渋門

篇をつく遊りしをの書う哉　石州

拾くふ養ひ招ひのきりふ　与些

手向しあさしも桜をの人　高綱

雨えよおりもさらしふ養生　おの保

見て来くも乃らねく暮れをえふ　せんよ

あの指とてありをの切手門　大和路

川中座えし千方の空のをえふ　小七斗

茶されらふ咋よ母ふ辛の切しさ　志賀橋

見えもせぬ花猶横雲の山　松倉

待し気に融ぞかもえてむさし道　衛井

色の待しにも桜のよし野　若葉

す姿ちしめく見えたり咲さかり　寿璽

おほふにも情さへふくも花の美さかり　小泉

あさかりし浅黄桜や居夜霧　白いと

同　追悼紀清因

堪ぬ涌の梢に桜ふ霞う梅　富山

八相の滝めもちしめさら里外　花さう

紫世めもあらて見えて未ある春　八子代

綿帽子に隠れ待つすや華乃雪　千里

同　新や喜房内

あさやさくらやさ帯する青けへて　あよ

同　豊後屋房内

通り縁ハとのとハつまてくさやまの花　半太夫

いつとよ移りても花のさくら哉　何某

こハいつのやえぬ世のなるし婚桜　新路

つれ々ひく移り花を唐紙の花ちん取　一力亭

すゞき鶴いやな酒の郷も華や帯　あよ

同　山本興房内

大佛の前にうり出たる幕の花　山路

あちさくら江戸紫の紐幕に　山の井

姑のよ縫ふく山ならさかなの鶴　猪山

同

山城や九兵衛内

桜ヶ東封し幕しめてきちみえずれ　但馬

巴屋長兵衛内

同

八ツ口に紛ふ舞の梅えぬ小袖幕　若梅

追加

肉よわる人の心のうきをさへす
櫻見んに華ちらふもんの夕日ふ

近江粟津ニ而
白太史
松枝

北野ゝ雲ちて一夜ニ現し今ニ
みどりの葉へしるかの画の梅
宗匠もすこし数たきふ花乃名殘
ありそひ庭より世人ニ米の名を得も
諷可亭

観音の利生周ゑさし出来さくら　半路

浅草寺のさくらハ八重のしめ花咲て
清世乃人のめつるをあらそふ

宇の紳男の同し桜ニ廃ま乃り　西鳥

挑灯のかつりニ挿しさくらかな　芦鶴

其引

観音手の手くこの桜ニの那　青壚

さくらさく女の中比おもしろや　栗楊

傾城よ醉めさ醒ふし初さくら　壺洲

あまる大勢の後落さくら　貞朝

花や散如て圓見の圖を一ゝの庵へ　右旋堂　左洌

あましへハ茶やて乳いよさくら哉　新々

同

日和を見て持るに櫻かな　南都　梅七

嬉て花に来給ハなき綰れさくら　寸長

ひさのさしや盞のうらを山の灯　芝舟

満さりなし桜よらくさいのありさま　書肆 酉水

君この名のさくらゝ咽りく住れけり　來之

同　よしのはくし　なまなよ　安居齋

ありし兇ろ桜ゝうつくさそめけり　造化翁

同　佐保姫をもてなして花の顔まけり　傘車

夕ちえや桜を踏ふ遠りけり　重牛

桜ゝ咲や並木の花す　七句去　漢光

同

渉津瀬にも猿の人来さ哉　松八

一年の山路見さし櫻哉　虎文

此春も出かけし藝へ添作も　青里

百舌の人に訓ふやさくら花　文之

来てくる琳よし札にたる名や櫻花　嘉斎

花に船し継もまつら添草も　酔月

同

二年来まて不足あり此さくら　九百翁 雲龍

又

珠林千樹ノ色　傳道玉妃栽　仝
花氣嬌ニ湘瑟ニ　香魂妬ニ楚臺ニ
當ニ階ニ紅雪映ニ　満袖ニ白雲同ニ
姑射春風近ニ　何ゾ須ニ羯鼓ノ催

　　　　貞連

奥山や女まじの名ある桜かな　知常
名さへかしく婚の月てみよう人　雲紫
まる塗へ見えて体もさくらかな　東籬
はな知よ四りんさかしもの姉妹　喜扇

宇治川にしのはれ梅に飛て桜かな　里蝶

同

艶なれや旅立咲桜かさのうちに　桑々畔　貞佐

暁日覩粧千騎女　万暇丈　来川

旅立の名を宇治おりや桜狩

雲と紛ひし芳野ゝ山ハいふも
さらなり志賀の山都すら人ゝさ
希にしく花乃ふるきしらしめし
ましし東風に咲ける桜ハ猶
せはまく吹分清る浦に東叡山
のふるさとゝして月としつゞきに
侍れとふ今新山深草ハと
より大慈大悲の山高く桜
本ふとし華咲つゞきて千本の

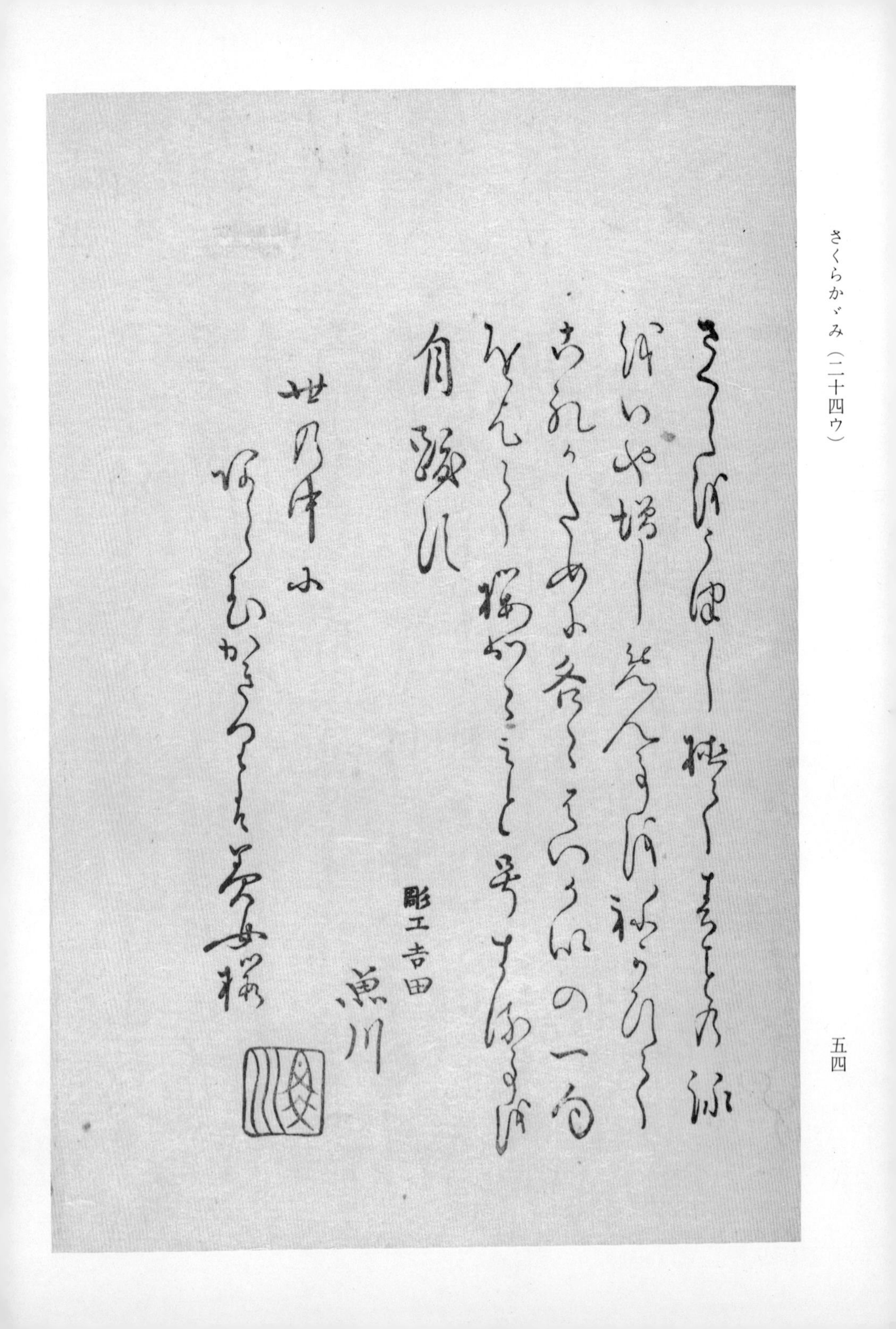

彫工吉田

續さくら鏡　發句一句入料　弐匁　歌仙一巻入料　金一歩

右ハ此度此書ナのたいりうを拾ひ并ふか川
八幡宮奉納のさくら發句とも不残集メ追付
板行いたし申候右發句被加入候望の方ハ
左の三ケ所いつ迄成とも御發句入料被添
られ候はゞ此板出来の上本一部づゝ進上仕候　以上

四日市　廣小路　ちん木や　吉田　魚川

日本橋南二町目　小川　彦九郎

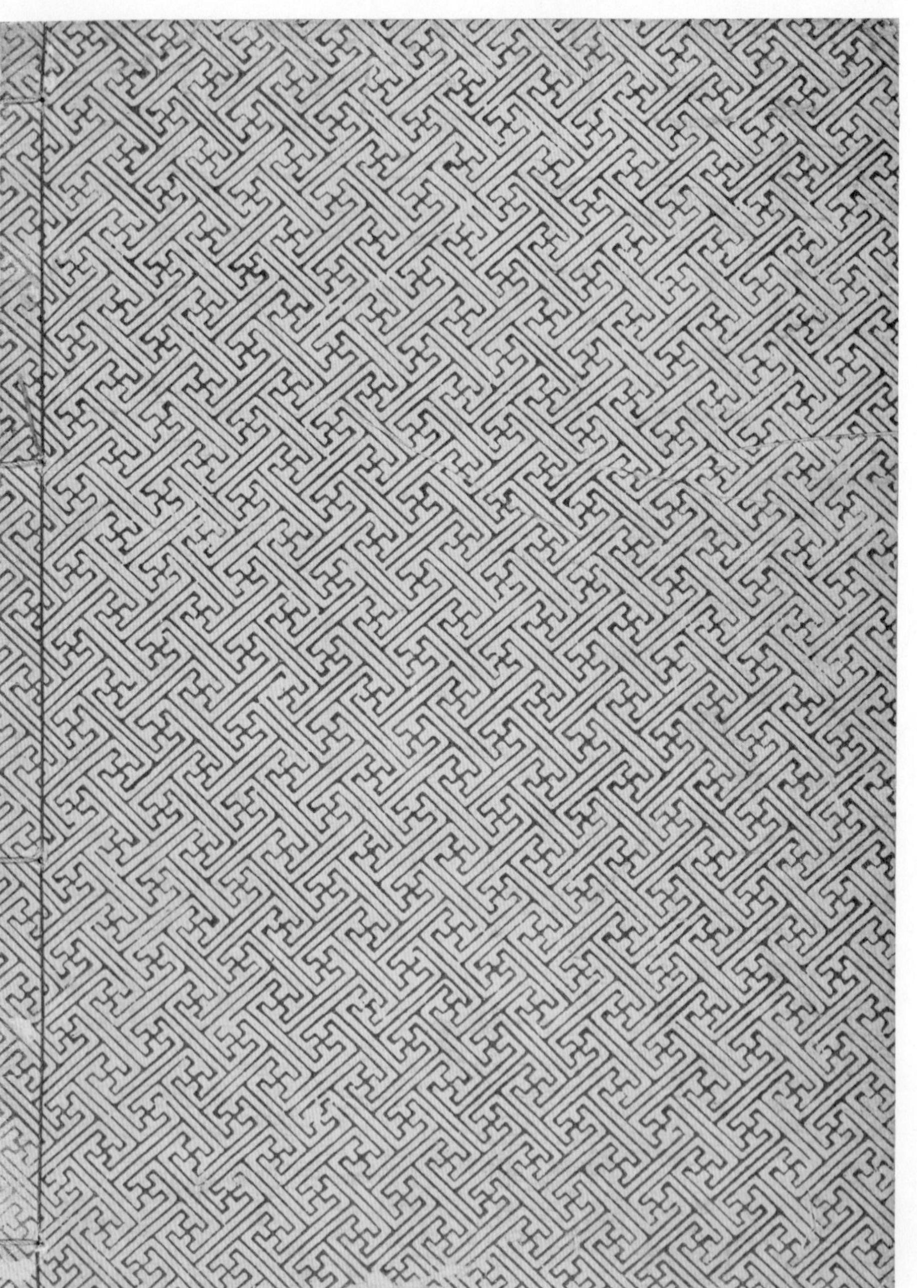

新吉原細見

凡　例

一、享保十八年鶴屋喜右衛門版の複製である。

一、「若樹」（黒印）・「三田村氏／蔵書記」（朱印）在印天理図書館本を底本とした。

一、底本は原表紙なるも表皮剥脱、且つ題簽佚。解説にも触れた如く、東京大学蔵旧平出文庫本には後補外題「千本桜」とあるというが、あえて底本の欠題に従った。

一、底本見返しに「新吉原の絵図」を貼るが、この形式は享保期鶴屋版細見記の一般に共通する。右見返し及び次の本文初丁の柱記、底本では汚損して判然せぬが、例えば鶴屋享保十七年版では、見返しに「一」、本文初丁「二」、とその柱刻には見える。底本上記不明の丁付、これに準ずべきか。

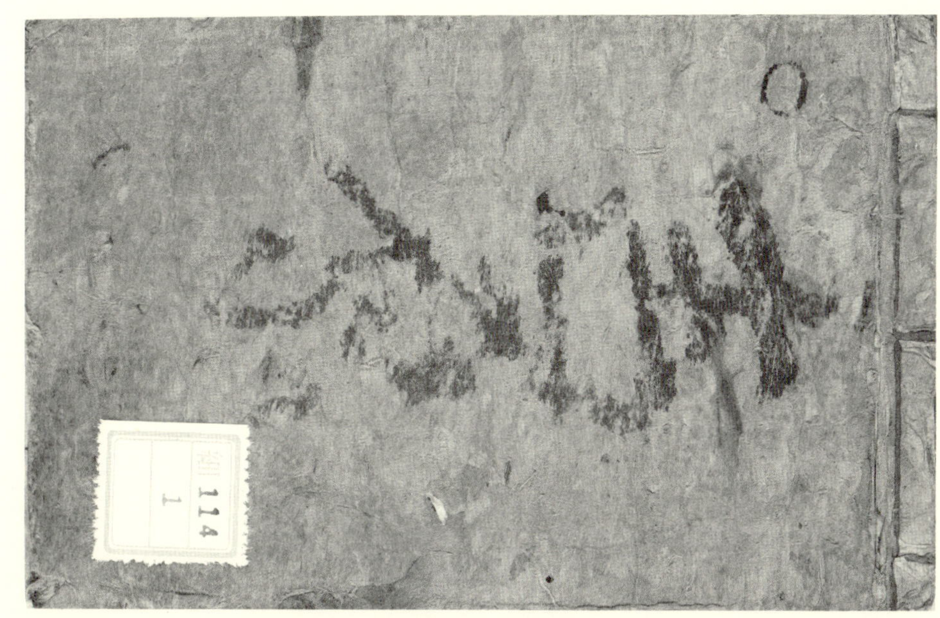

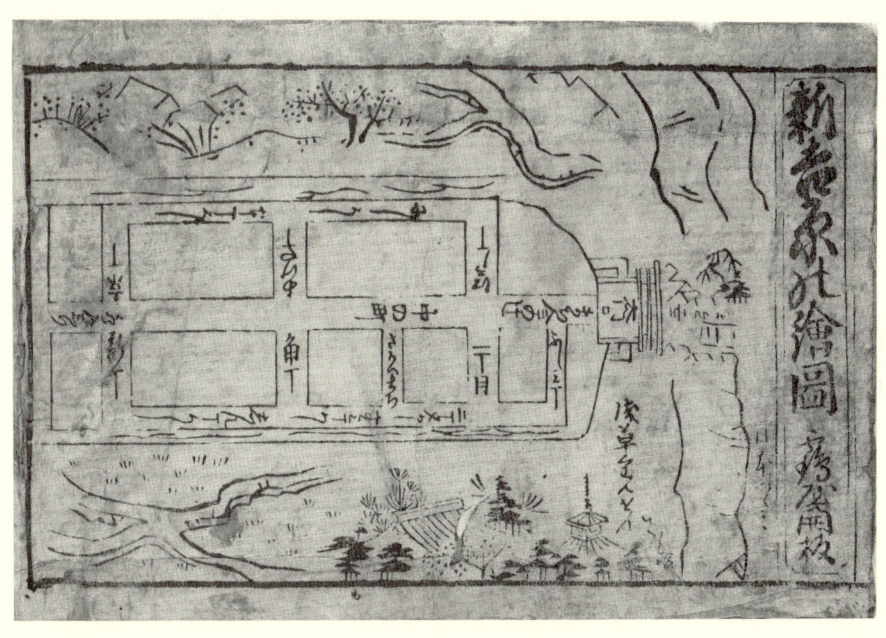

新吉原細見（表紙・見返し）

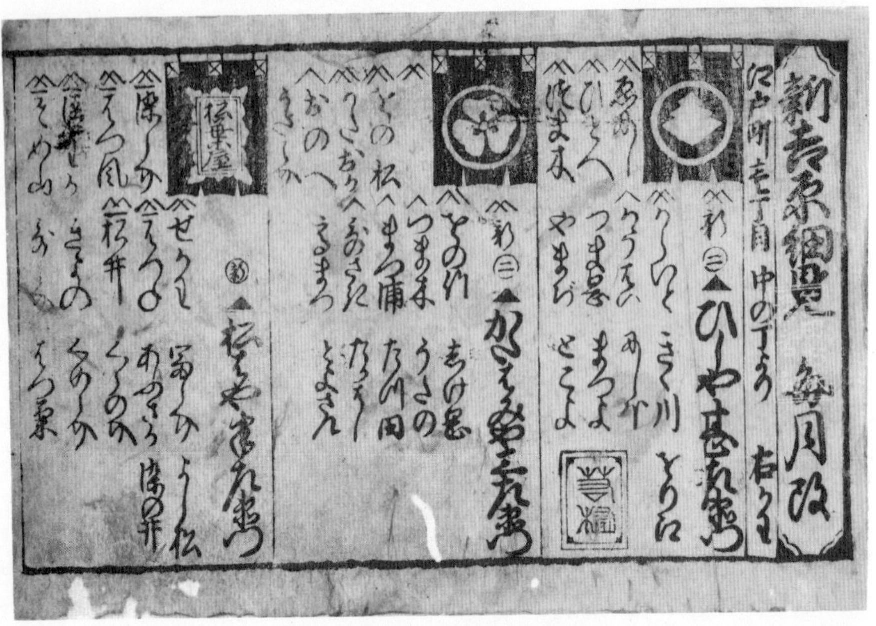

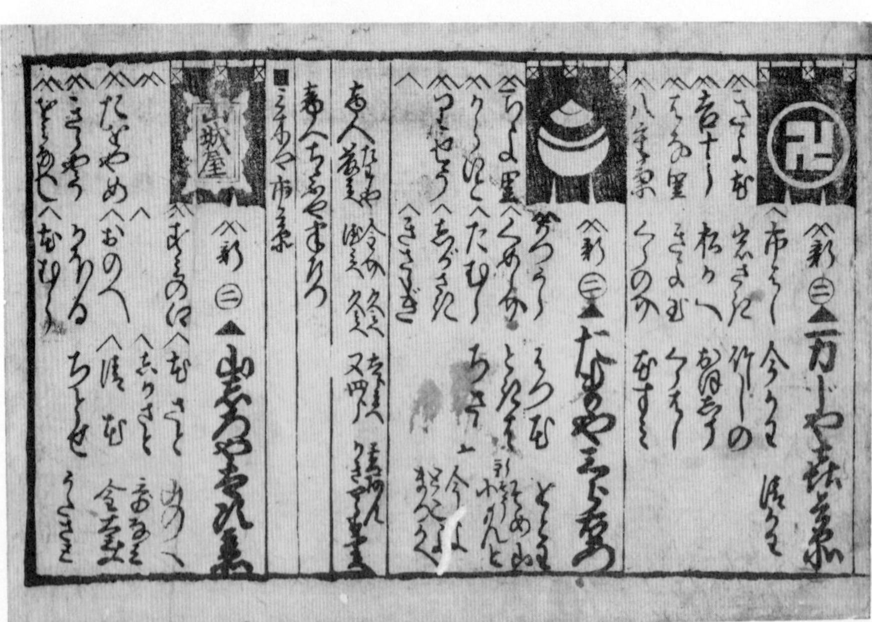

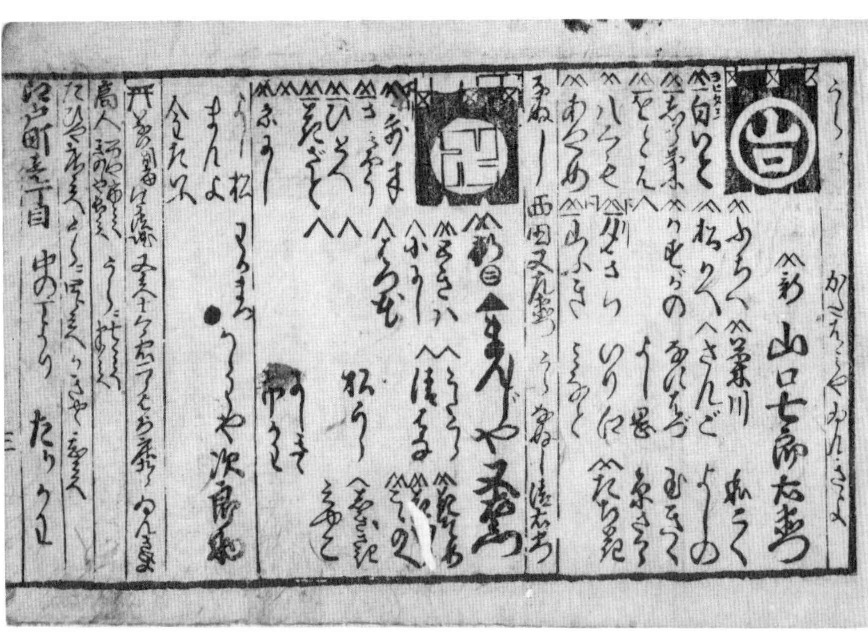

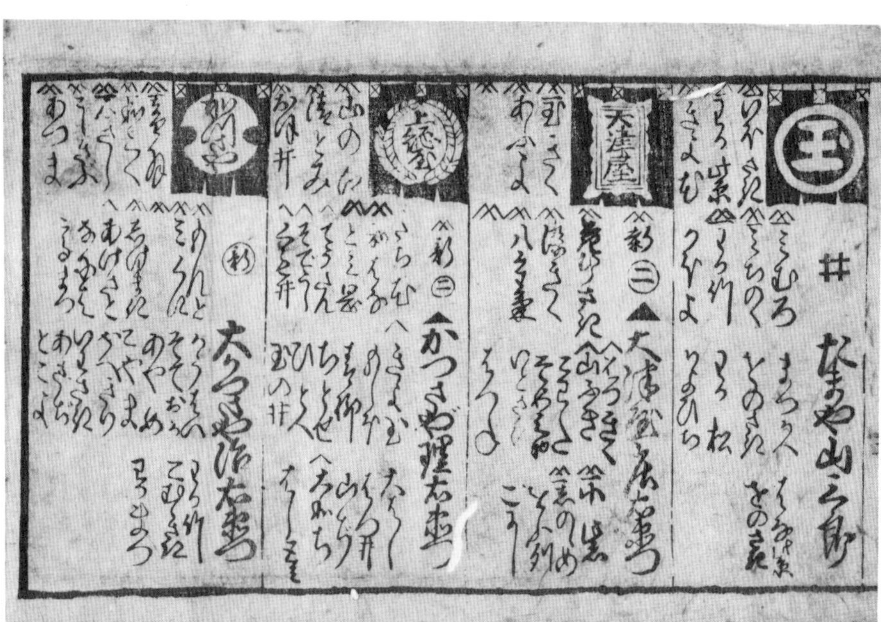

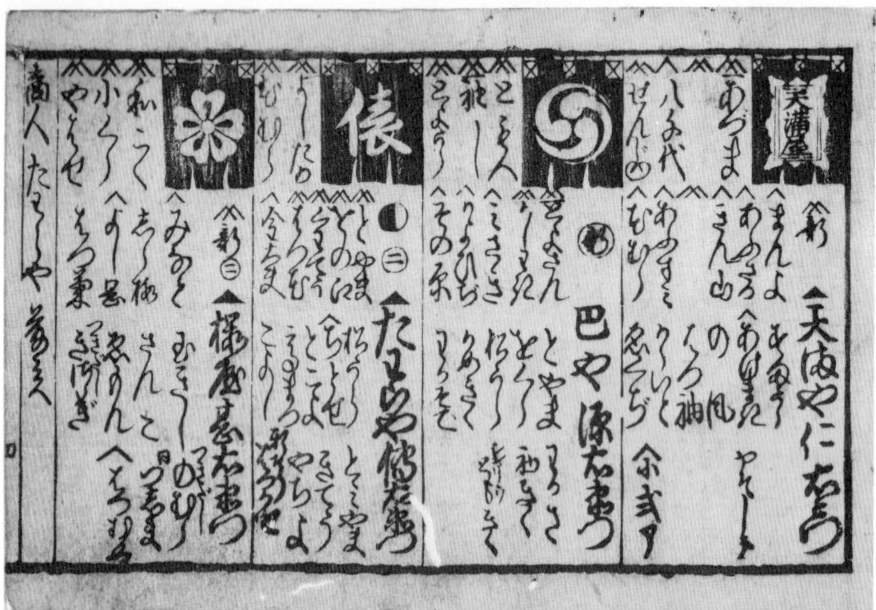

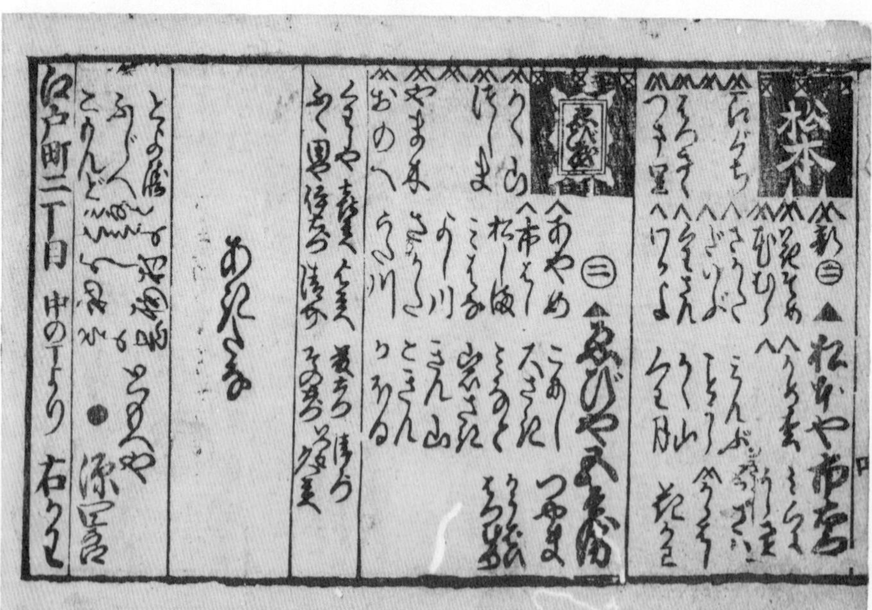

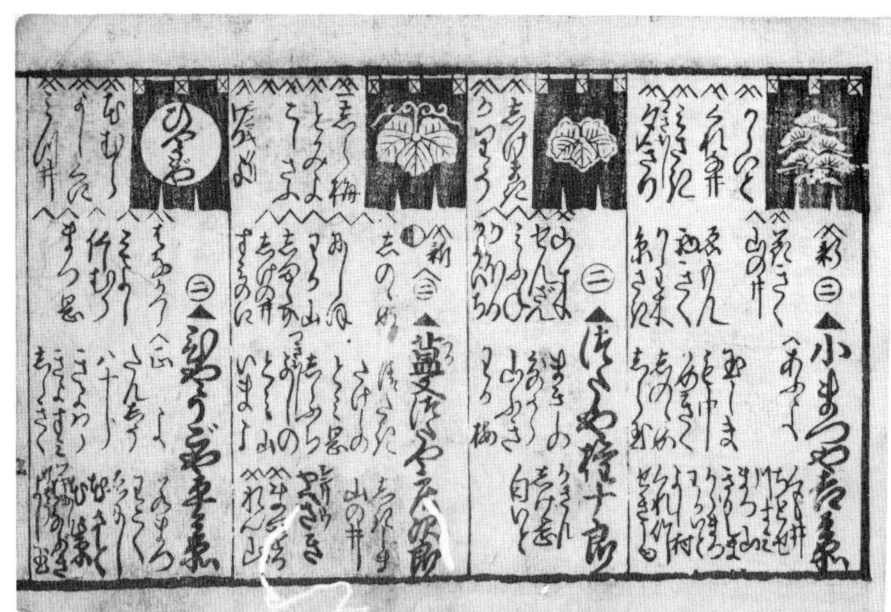

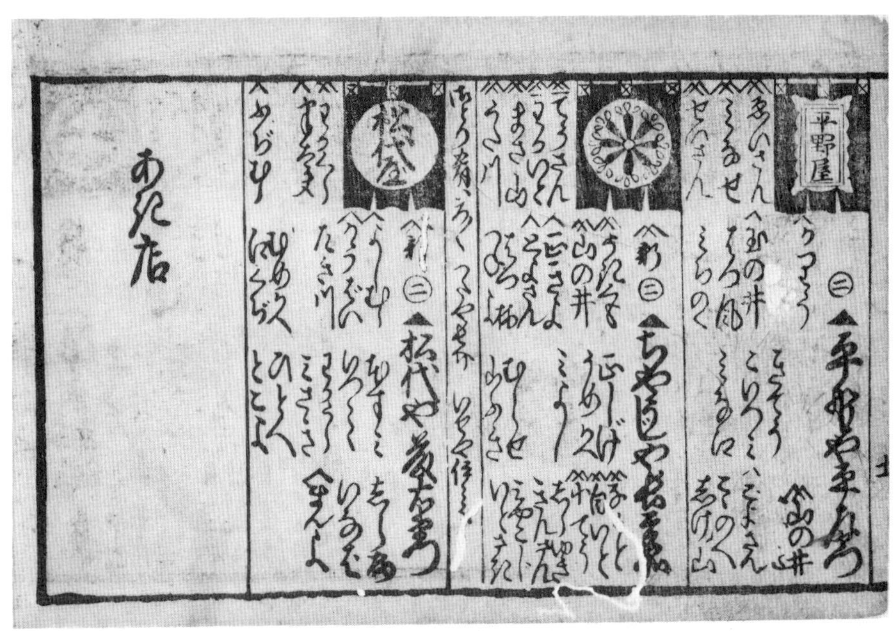

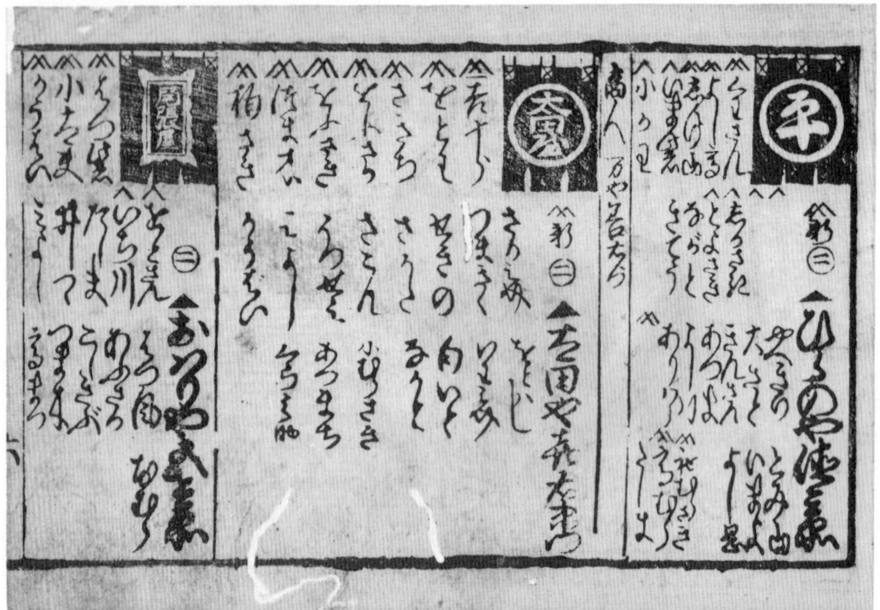

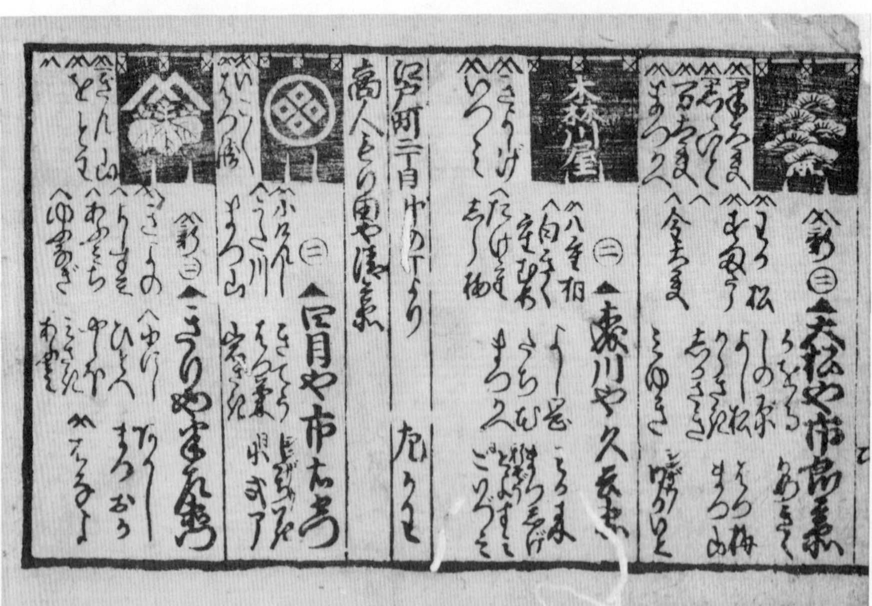

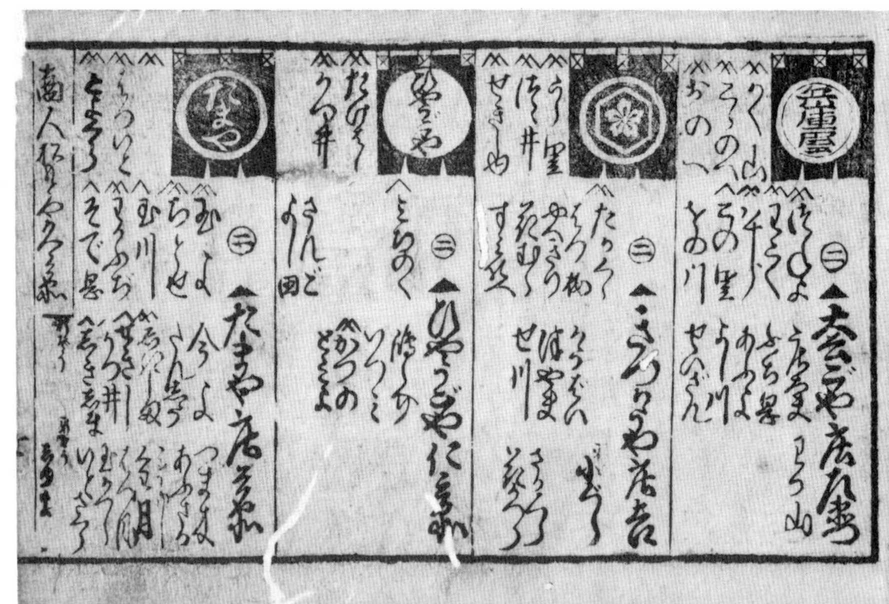

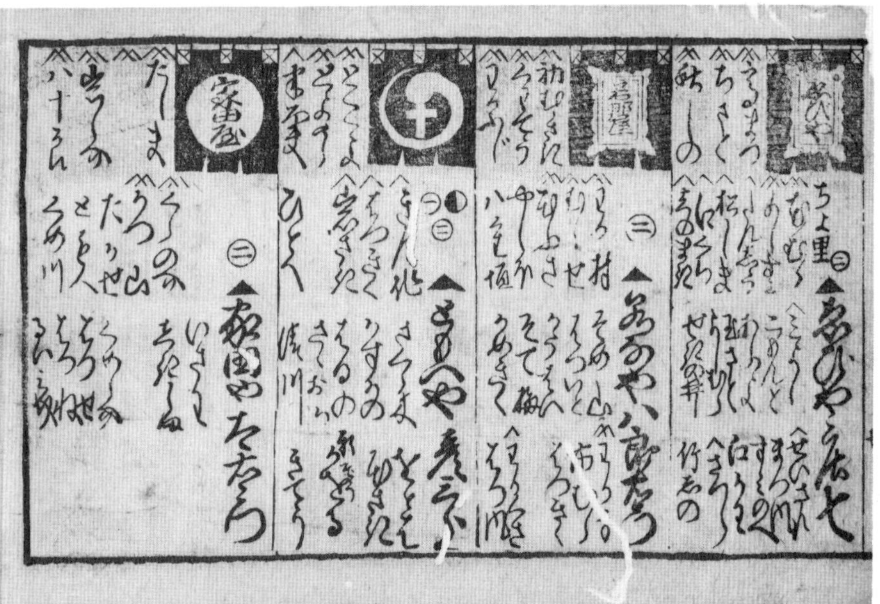

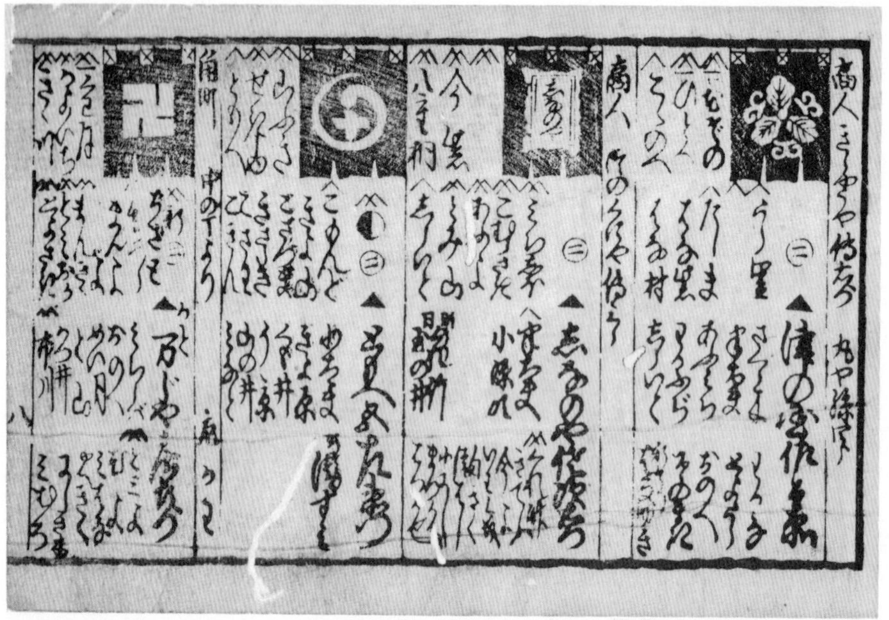

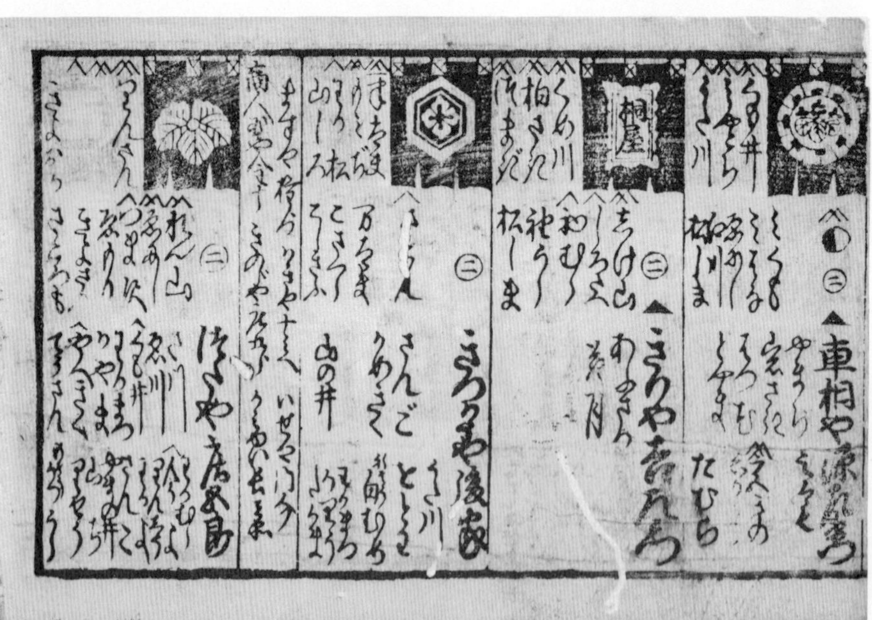

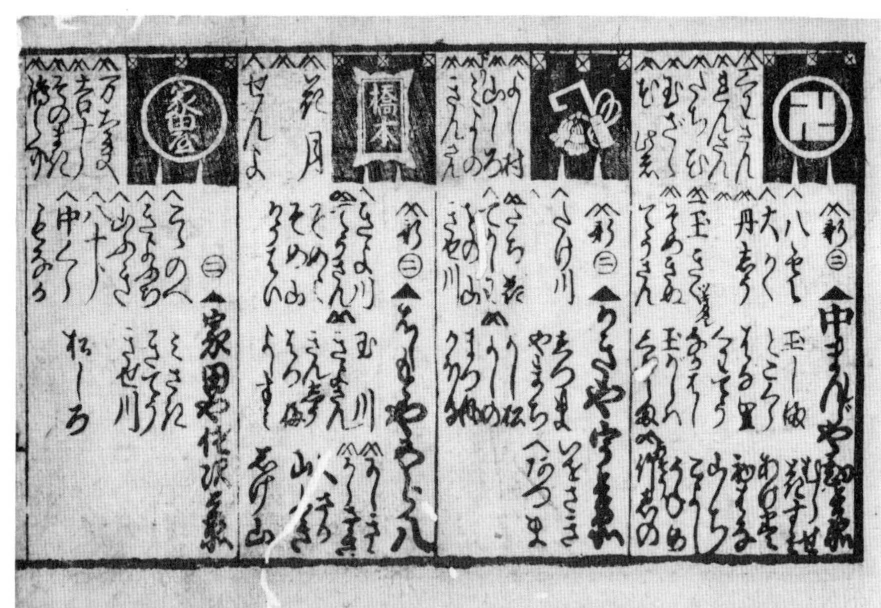

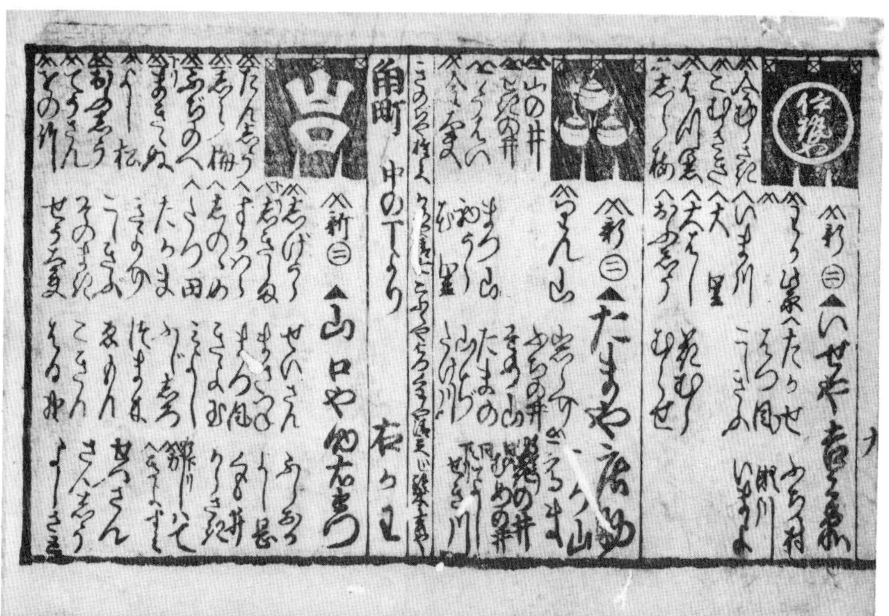

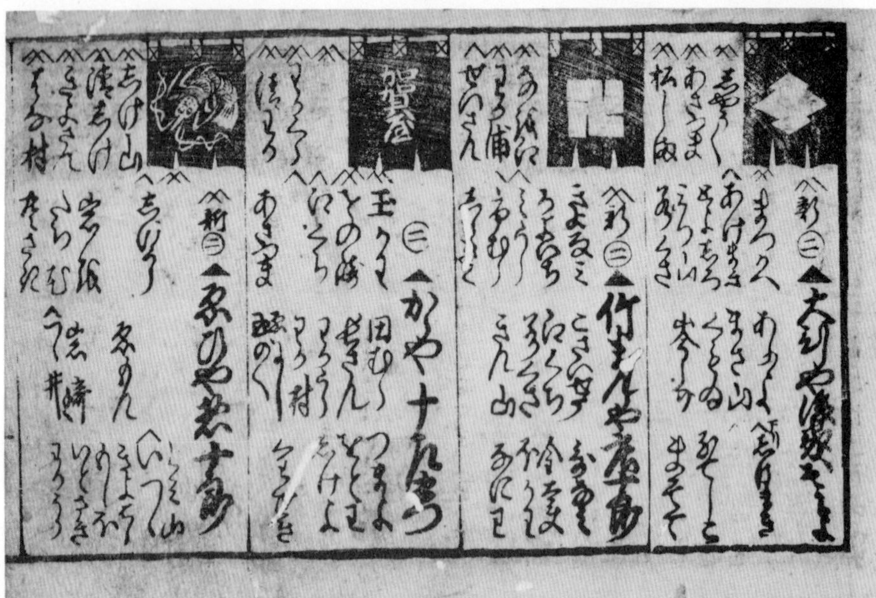

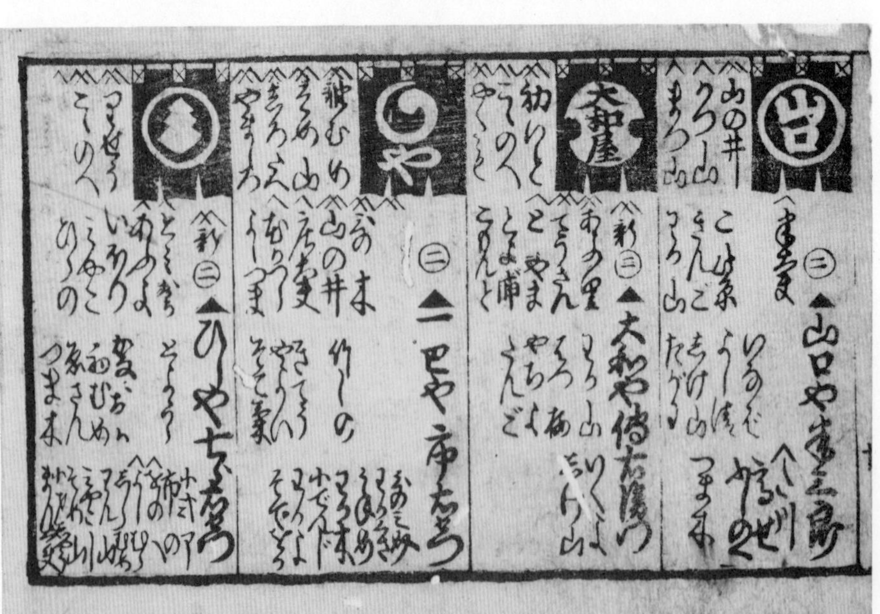

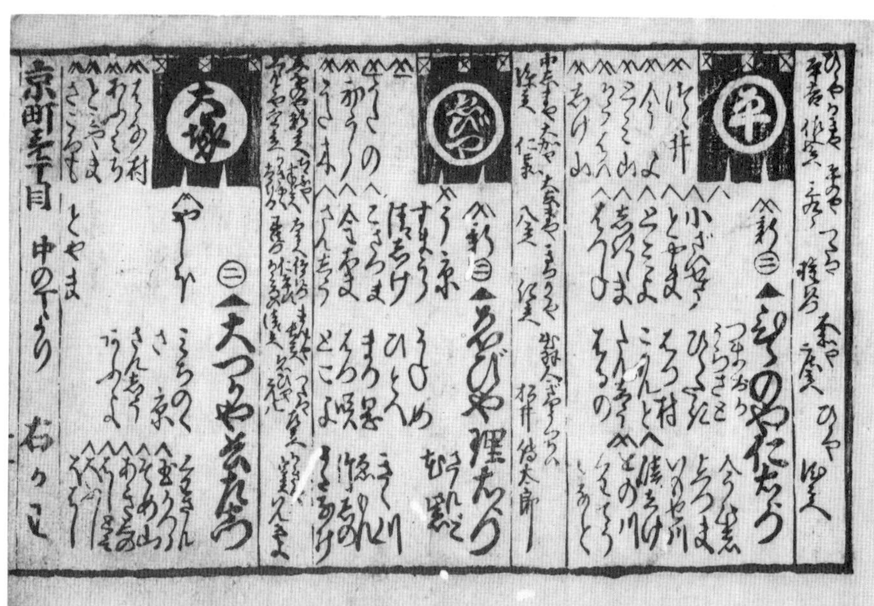

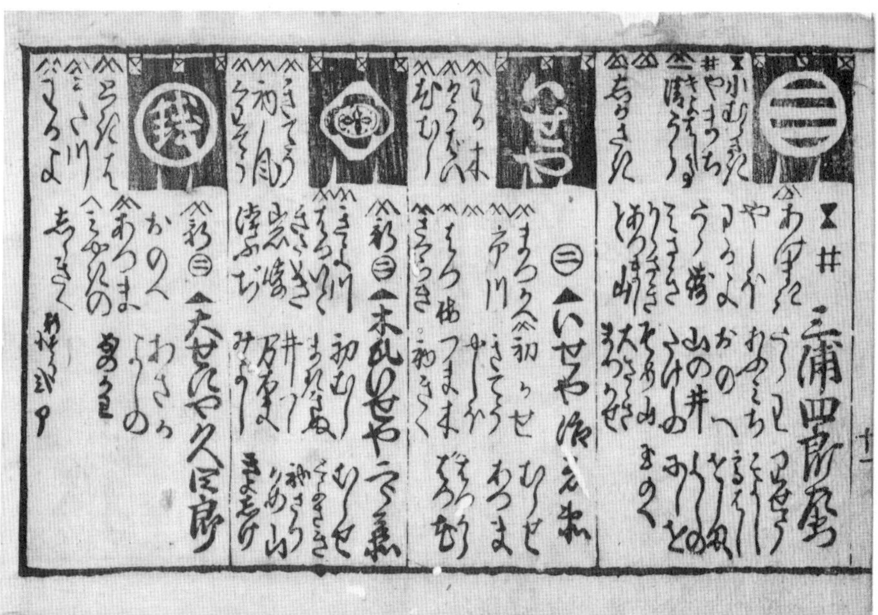

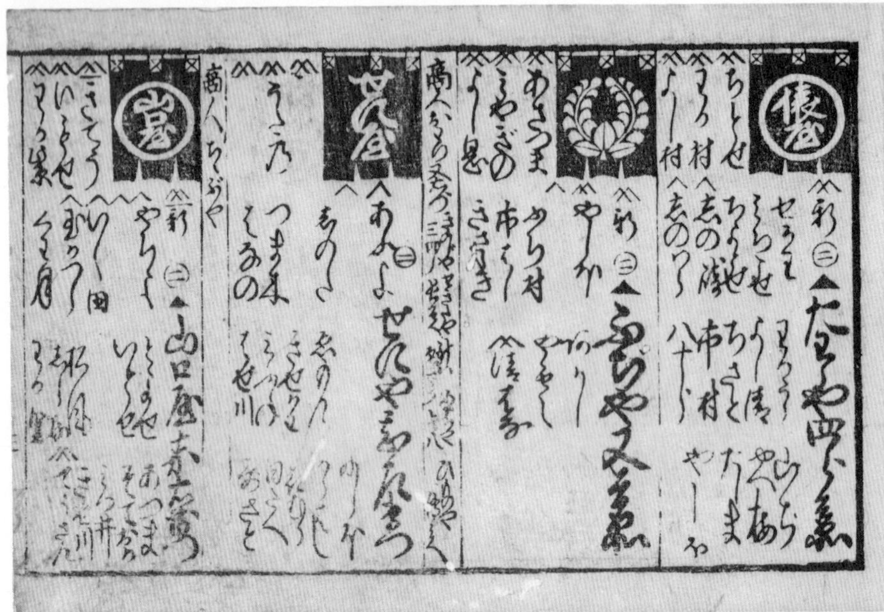

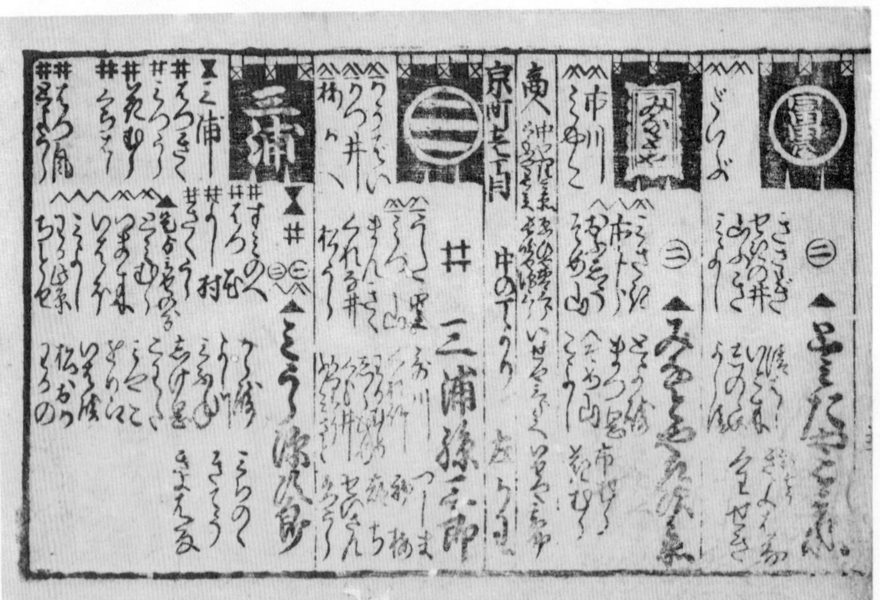

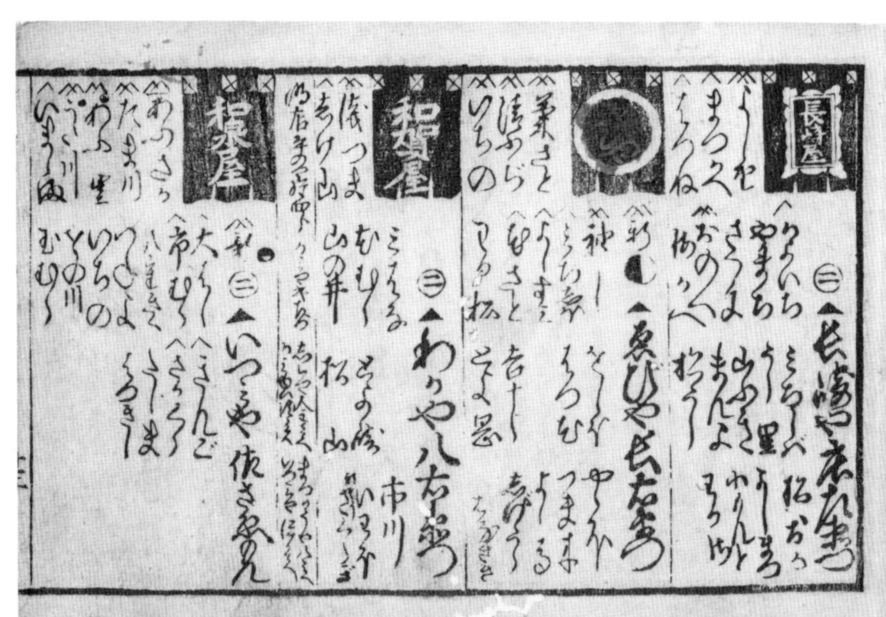

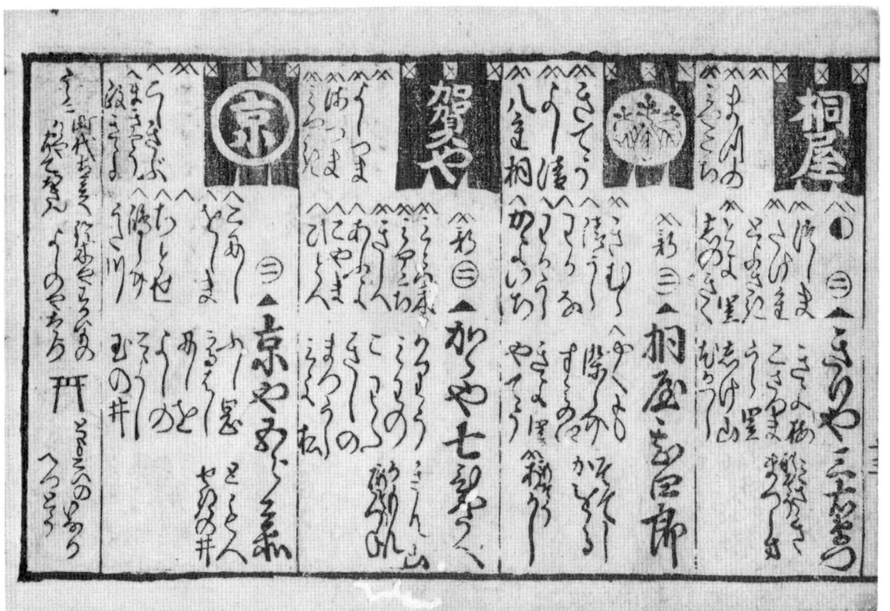

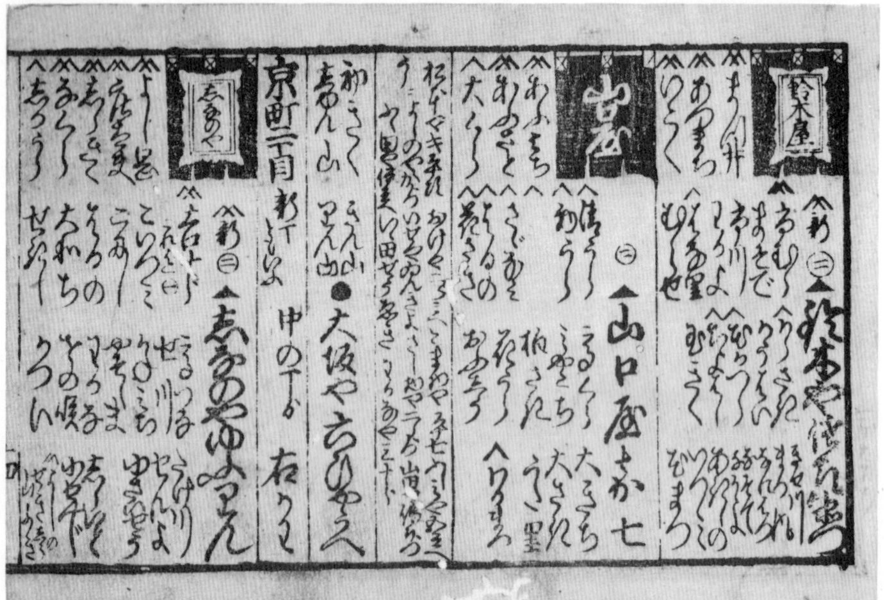

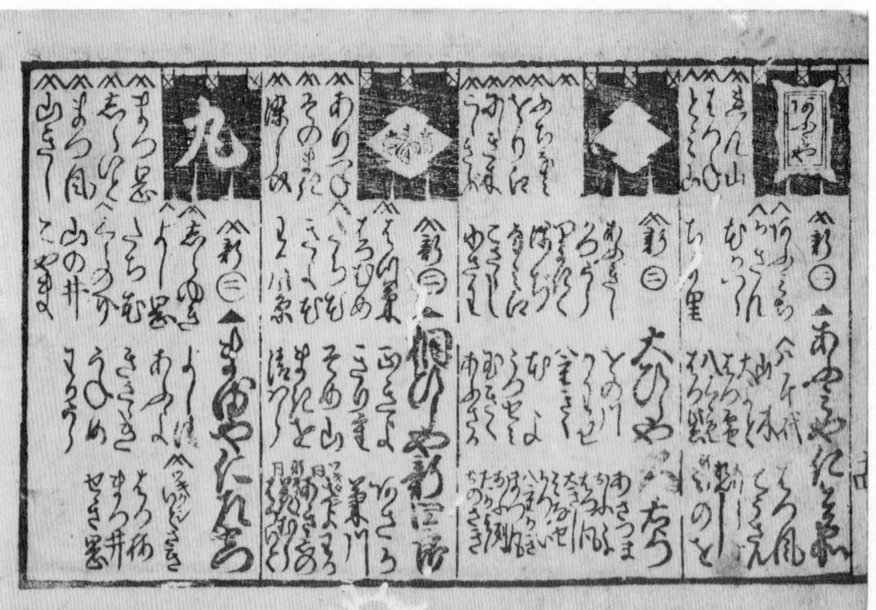

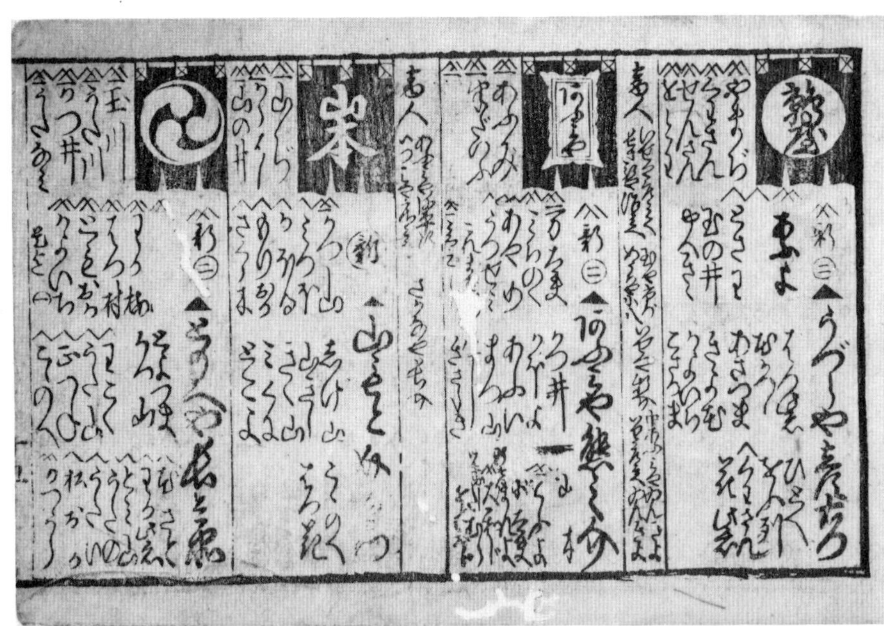

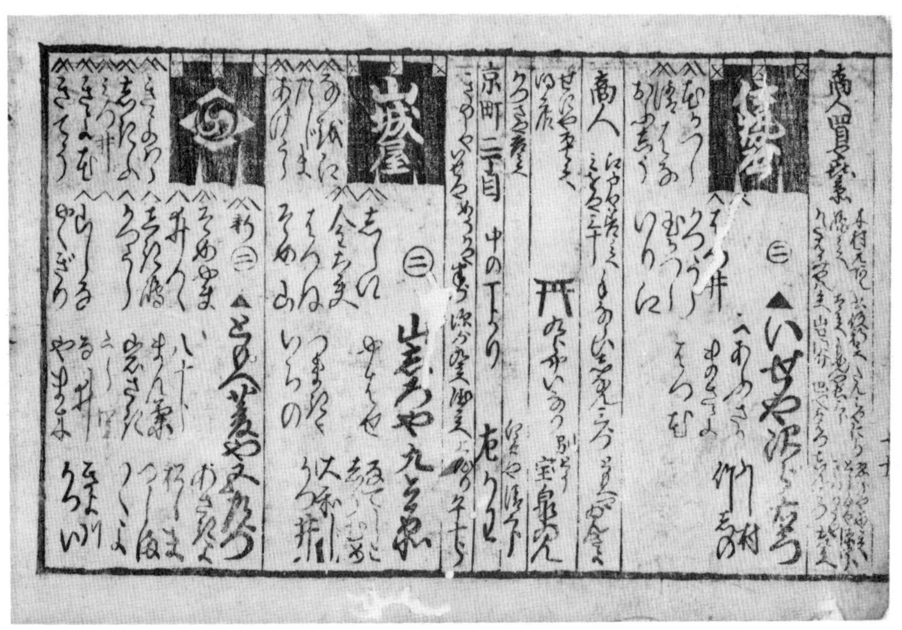

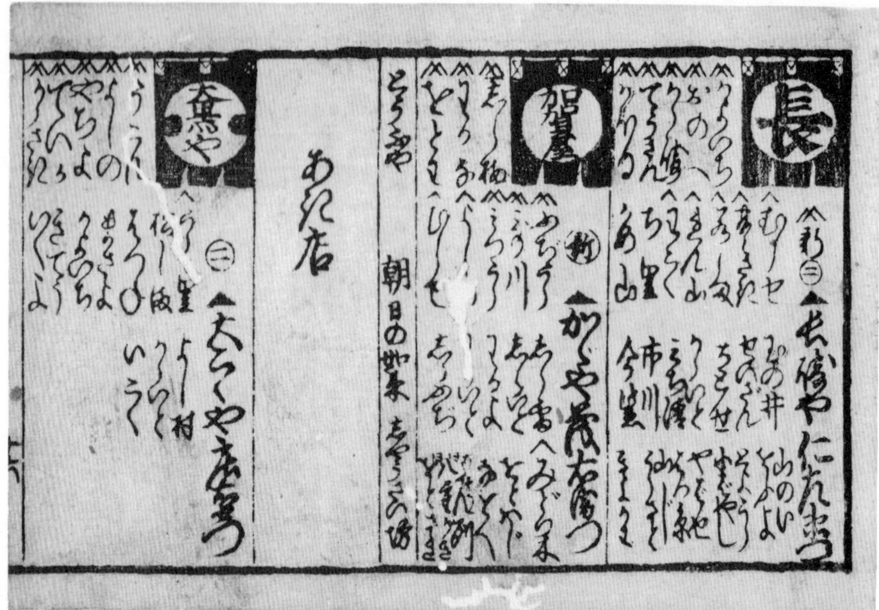

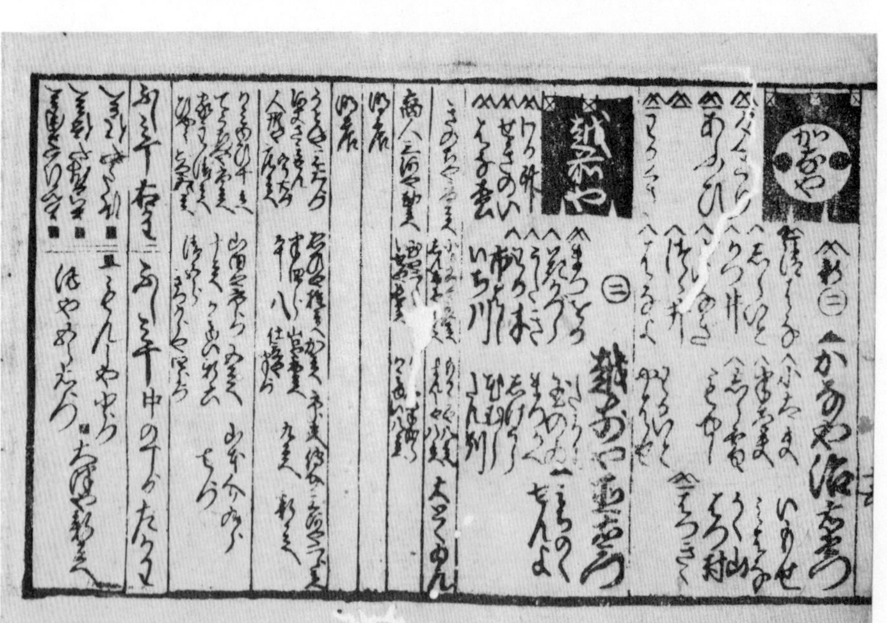

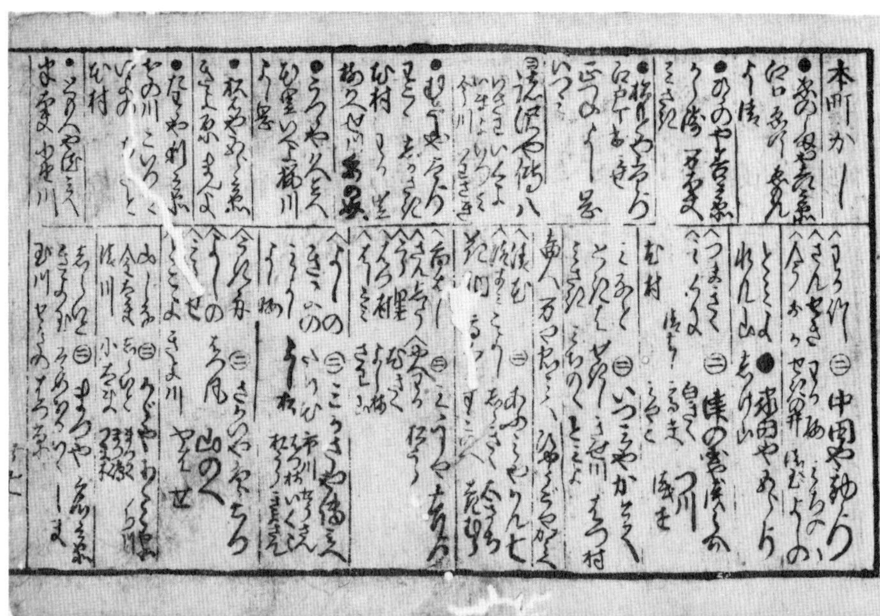

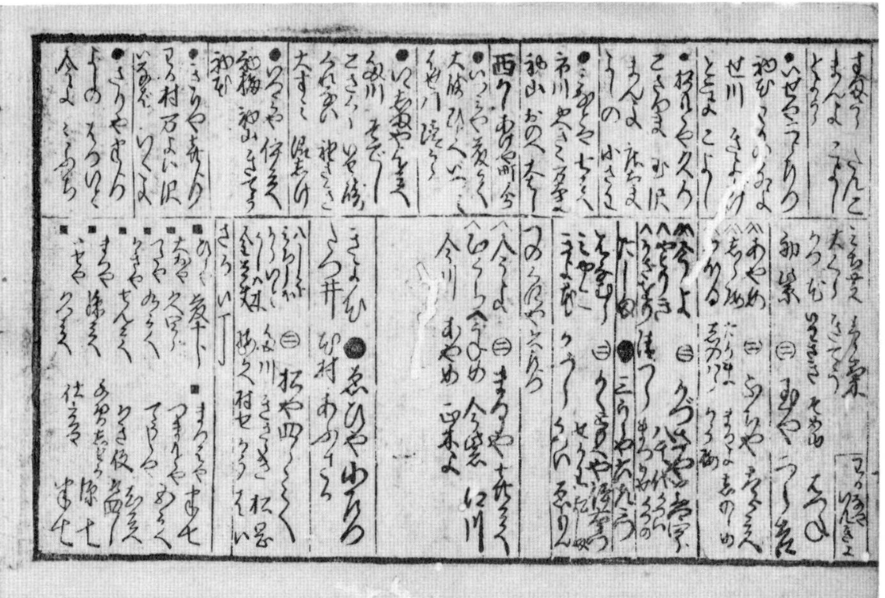

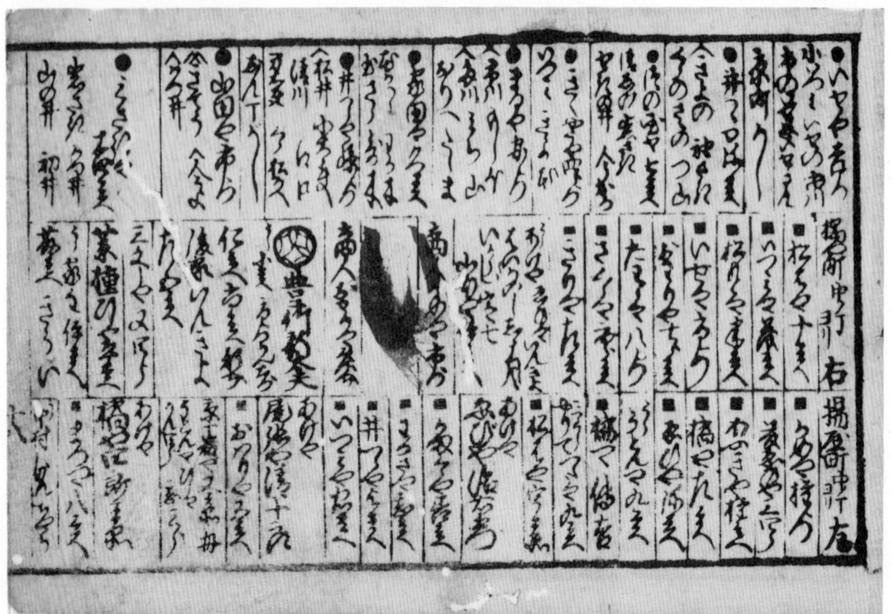

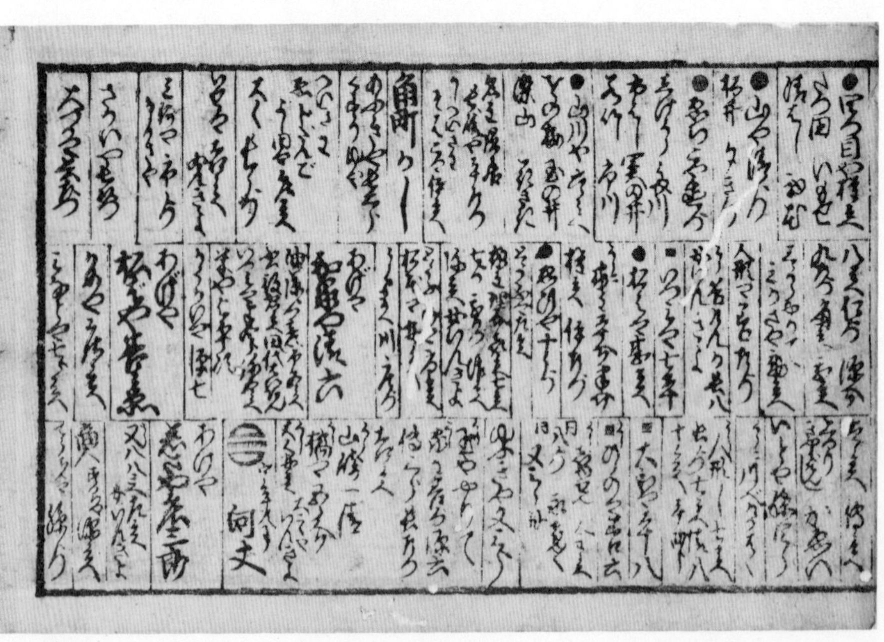

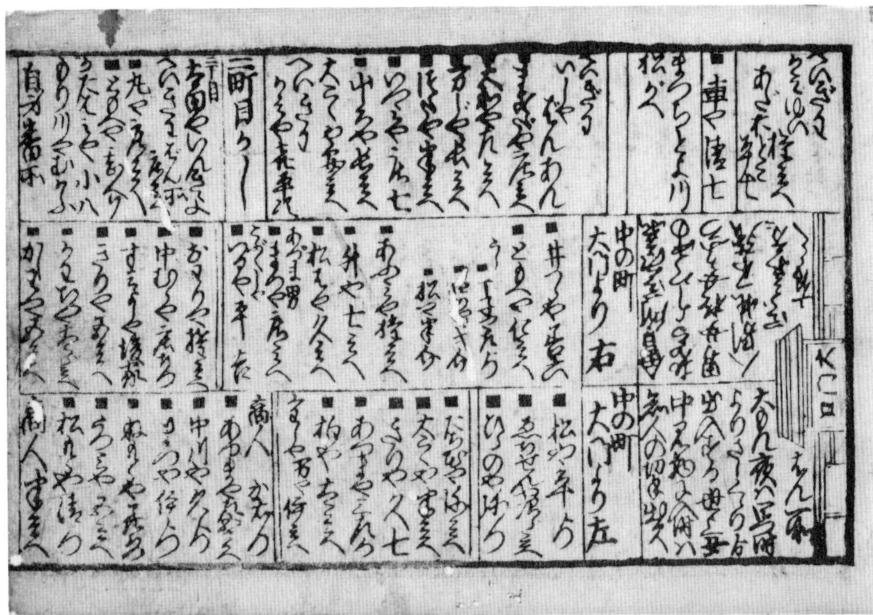

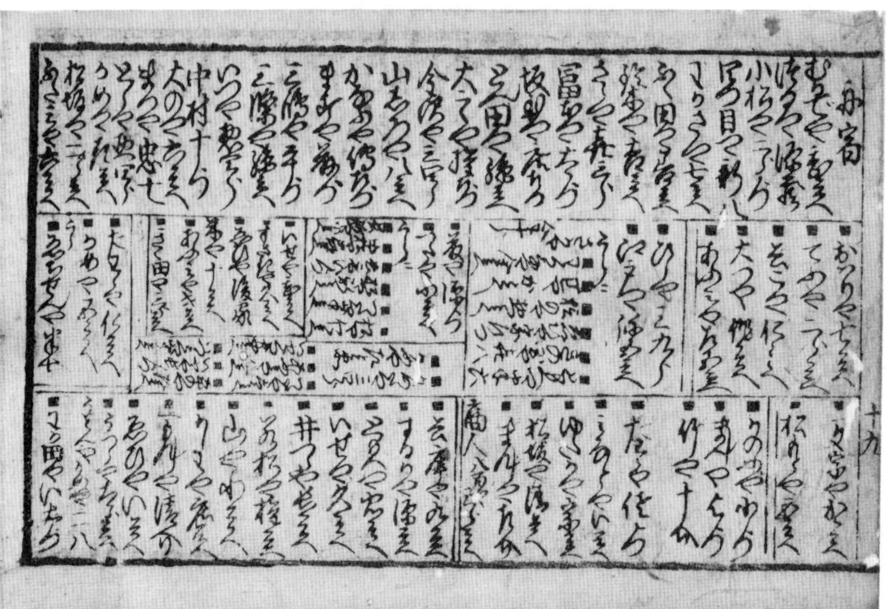

[illegible]

[illegible]

年中[illegible]日

正月 松の内十一日十四日十五日 十六日十七日廿日廿八日

二月 一日八日十一日十七 八日初午廿八日

三月 一日三日十五日 十七日二十八日

四月 一日八日十五日 十七八日廿八日

五月 一日五日六日十五日 十七八日廿八日

六月 一日十五日十七日 十八日廿八日

七月 一日七夕十日十三日休日 十四五六七八日廿八日

八月 一日十四五六日 十七八日廿八日

九月 一日九日十二三四日 十五日十七八日廿八日

十月 一日いの子二十五日 十七八日廿日廿八日

十一月 一日八日十五日 十七八日廿八日

十二月 一日八日十三日 十五日十七八日

新吉原細見（見返し・表紙）

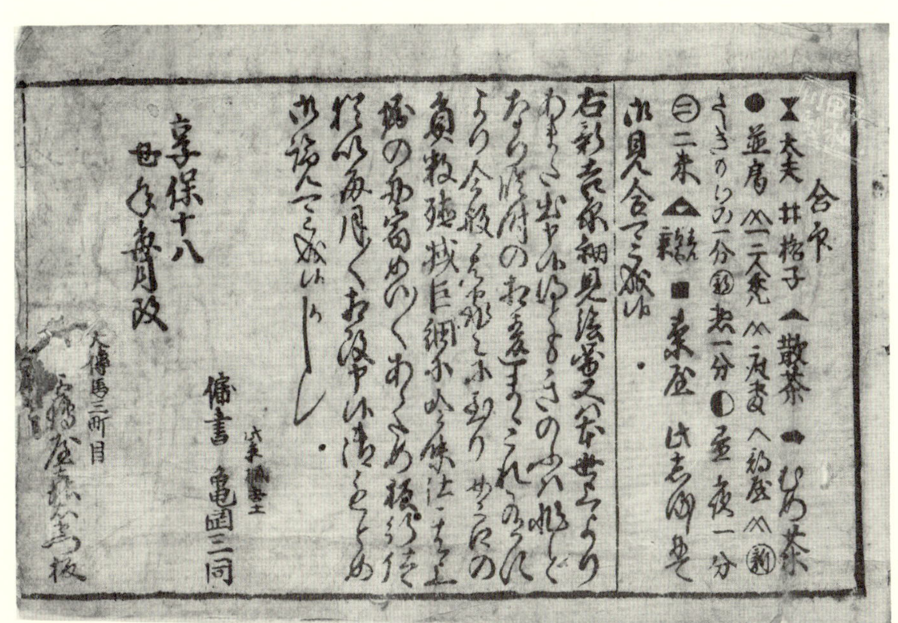

解説

一

国書総目録によると、享保十九年刊の江戸俳書『さくらかゞみ』の諸本に阪大本・天理綿屋・村野各蔵の三版本、他には京大穎原文庫に版本の写しがある、という。

阪大本は「忍頂寺蔵書章」在印忍頂寺務旧蔵本で、同大学国文研究室忍頂寺文庫蔵。原表紙を失い、改装表紙を以て後補、従って原題簽をも欠く。半紙本一冊、以下諸本も同。忍頂寺筆紙箋あり、

種彦の用捨箱十七袖頭巾の条(注一)に本書を引用せり、

享保十九年印本桜鏡に、

花盛りそれかあらぬか袖頭巾　みちのく 江戸町二丁目 平野屋平左衛門内

と有り。此草紙は吉原より浅草寺の境内へ桜を植し刻の遊女の句集なり。此桜を千本桜あるひは札桜といふは、奉納したる遊女の名札、木毎に結でありし故なりとぞ。

蜀山人奴師労之に、(注二)

○さくら鏡 享保十九年甲寅板 に、

桜にも出ぬは底なきうつは物　はる 山口屋七郎兵衛内やりて

あまたの中に此この発句を以て圧巻とすべし。

石川氏奇書珍籍には本書未見とあり。また同書に、絵本新吉原千本桜、半紙本上下、刊本未詳なるも、享保十九年の印本俳書桜鏡と同年に世に出たるものであらうとの事である。続江戸砂子(注三)に、千本桜は浅草寺本堂の後に有り、古へ丑の年享保十八年藪を開きて桜樹を多く植ゑて、寅の春を待顔也。春来却作宴遊　闔国壮観千本桜と作られたる御室の姿を見せたり。桜木の一本毎に願主の札を貼す。其中に多く北方の佳人有、女筆麗はしく記せり。大悲の光色添へて、此春初めて白雲を見せ、初花の雪を降らす、と。蓋し、此時の桜は吉原から浅草寺の境内へ移植したものである所から、木毎に遊女の名札を結んであつた為め、此木を千本桜又札桜と言つた。其時の句集桜鏡と本書千本桜とは共に姉妹篇で、

云々、と。(引用文の句読・清濁に私意をも雑えた。以下同)

村野本は「村野蔵書」等在印村野時哉旧蔵、横山重氏赤木文庫現蔵、薄藍色刷りの雷文地菊花葉模様表紙、題簽中央無辺、薄茶色料紙に万葉仮名崩しで「左久良可ゝ美全」。帙裏に現蔵者筆付箋あり、

一本を買ひしに（宮川曼魚氏蔵書）、それには刊年なかりし。よりて、村野氏旧蔵本を買ひたり。村野氏に入る前に書店は見返し裏に珍書と記してゐる。
云々、と。
天理図書館綿屋文庫には重複してその版本五を蔵する。
即ち、
その一　「南畝文庫」（注四）等在印本。薄藍色刷り矢筈重ね模様表紙、題簽跡中央にあり、佚。前表紙裏に蜀山人筆識語ありて、
此花の事、洞房語園（注五）・続江戸砂子などに略々ニ侍り。寛政三とせの今にいたりて、わづかに大悲閣の西淡島弁天のかたハらと熊野権現の社の前とにふた木たてり。これなんむかしのかたミにや。花ものいハねば、しりがたし。
寛政三のとし亥卯月　巴人亭しるす。
　寛政五年癸丑春　重栽桜花于浅草寺　印（蜀山人）

旧春風文庫天理本

と。
その二　「小寺姓玉晁文庫」在印旧和露文庫本。薄緑色刷り雪華文散らし模様表紙、題簽跡中央、佚。
その三　「北田紫水」在印渋井清氏旧蔵本。朽葉色無地表紙、題簽跡中央、佚。
その四　石田元季春風文庫旧蔵。薄藍色刷り梅・桜・菊花・松葉等小紋散らし模様表紙、題簽中央、薄紅色料紙で、赤木文庫に同版の残闕「□□良可ゝ美　全」を存する。
その五　「曼魚文庫」在印宮川曼魚旧蔵、横山さんに捨てられた、いわゆる無刊年記本である。藍色刷り卍字継ぎ模様表紙、それに紅紙の覆表紙を後付する。題簽跡左肩か、佚、そのところに紅紙を後補して「桜閑ゝミ」と墨書。冊中に墨書紙箋を挟み添えるが、曼魚筆か。即ち、
○吉原に桜を植うること寛延二年に初まる。

旧和露文庫天理本

○三浦屋の没落は宝暦八年。玉屋山三郎、宝暦七年の細見にありて八年・九年休業、十年未詳、十一年再開。本書、享保頃の版か。享保時代の細見少なく、明らかならず。

と。

京都大学頴原文庫本写本について、同大学図書館頴原文庫目録にいう、

さくらかゝみ

吉田魚川編　一塊序　自跋　四日市　吉田魚川外一軒

彫　享保一九年刊　和美濃判　写本

と。享保十九年有刊年記本の新影写で、右書誌に美濃判と

あるは、底本の半紙本をこの判の料紙に写した、というに過ぎぬ。

以上、国書総目録に登記の諸本を通観したわけであるが、うち、赤木文庫蔵村野蔵書記本・天理図書館綿屋文庫蔵南畝文庫在印本・同玉晁文庫在印本・同紫水文庫在印本及び京大頴原文庫影写本には、本集の諸本に共通する左記奥記、

続さくら鏡　発句一句入料　弐匁　歌仙一巻入料　金一歩

右ハ此度の書にのこれるを拾ひ、并ふか川八幡宮奉納のさくら御句、ともに相集メ、追付板行いたし申候間、御発句御加入御望の方ハ、左の二ヶ所いづれへ成とも御発句入料御添、被遣可被下候。尤、板行出来の上、本一部づゝ進上仕候。已上

に続いて、別に

享保十九寅歳　四日市広小路はん木や　吉田魚川

五月吉日　日本橋南二町目　小川彦九郎

の刊年・書肆記あり、上述以外の諸本、即ち阪大忍頂寺文庫、天理綿屋春風文庫・同曼魚文庫の三本には、刊年記「享保十九寅歳／五月吉日」の十字を欠く。上引奥記は『続さくら鏡』入集句募集掛看板引札の文章だが、文中「此度

の書」は勿論『さくらかゞみ』、従って享保十九云々は当書刊年記のはずである。『さくらかゞみ』に有刊年記本と無刊年記本の両種あり、例えば無刊年記曼魚本覚え書に「本書享保頃の版か」などいい、横山さんが先得の曼魚本を捨てて村野本に買い改めた所以でもあった。本書刊年記事の有無に言い及んだもの、他に雑誌『俳句研究』昭和十七年四月号杉浦正一郎「与謝蕪村　蕪村についての二つの問題」あり、杉浦論文所拠の底本は無刊年記本だったが、和露文庫目録(注六)によりその刊年を知った、というのである。右和露文庫本とは、前掲綿屋文庫蔵旧玉晁本に同定してよい。

『さくらかゞみ』買い替えおよその経緯は、前引村野旧蔵赤木文庫本の識跋に明らかであるが、なお詳しくは『三田文学』に連載同じく横山さんの「書物捜索　雑筆五十八」昭和十七年五月号「桜鏡句集と千本桜政信画本」にみえる。即ち、

さて、昨年秋頃、私はさくら鏡といふ本を三十五円で買つた。欲しいと考へたよりは、送つてくれた店の厚意を、そのまゝ受けたのである。この本は、深川の宮川曼魚氏の旧蔵で、刊年月のない本であつた。曼魚氏は紙片に享保頃の版か、と書いてゐる。すると、その後になつて、伊賀国の沖森書店の目録が来た。見ると、村野時哉氏の旧蔵本が、たくさんにあつた。人参に関する本が揃つてゐた。が私は、左記の二つの本を電話で頼んだ。

○さくら美人　享保十一年句集　二十五円

○さくら鏡　　享保十九年句集　二十五円

本が来た。見ると、此本には、享保十九年の刊記があつた。宮川氏旧蔵本は後印本であつたのだ。私は、後印本は古書店へやつた。

云々。既蔵の曼魚本を無刊年記本の故に後印本とみて放出し、代替として村野旧蔵の有刊年記本を求めた、のである。曼魚本の綿屋文庫登録記は「昭和廿五年参月五日」、ややこの以前に古書店を経て天理に入ったことになろうか。

『さくらかゞみ』、刊年記の有無にかかわらず、両本の同版であることに問題はない。とすれば、この二本、同版にして異種、とでもいうべきものであろうか。同版異種ならば、その間刷次に先後があるはずで、刊年記のあるものとないものと、勿論有刊年記本を先印、欠くを後刷とみるのが一応の常道、横山さんの取捨選択もそうしたいき方に従ったか、と察する。しかし実際、現本に即く限り、『さ

くらかゞみ』無刊年記本刷りの具合まことに結構で、刻線精美、墨付き鮮麗にして墨色に濁りなくやや淡、あれこれの味わいのよろしさ、有刊年記本より何程かむしろ佳良である。つまり、刷次に関してのみならば、例えば村野本より曼魚本を却てより早印とみる。

『さくらかゞみ』両種本刻文の異同は必ずしも刊年記事の有無にとゞまらず他にもあり、その一つを挙げると、上引奥書文中、有刊年記本「左の二ヶ所」が無刊年記本には「左の三ヶ所」、となる。この「二」と「三」と、それはまず同版異字で、「三」の第一・第三画は「二」の筆画刻線そのもの、されば、当両字に於ける先印後刻論議の決着は、「三」字第二画のあり様如何にかかる。即ち、「三」字の第二画が入木の後補なのか、逆に無刊年記本の「三」から中の第二画を削って有刊年記本の「二」に変改したか。当時彫工の上手吉田魚川の細工なることを十分計算に入れた上で、なおかつ「三」字第二画に入木らしい気配を毛頭感取しない。「二」から「三」へでなく、「三」の中画を削って「二」に変造改字した、ということであらねばならぬ。奥書の「左」は「左記版元」というほどの意で、刊年記の有無を問わず、『さくらかゞみ』管見の諸本、すべてそれに連名するのは吉田魚川と小川彦九郎の両者、これに適合するを条件とする限り、有刊年記本の二ヶ所が正しく、無刊年記本の三ヶ所は誤り、か。同版異種にして記文に正誤ある場合、誤れるを先印、正しきを後刷とする、これ亦板本をみる一応の常識である。

『さくらかゞみ』刊年記「享保十九寅／五月吉日」の十字が入木補刻の故に、同版面上他の部分と墨色・書風を等しくしなくともむしろその方が自然なので、とかくの論はあるまい。ところが更に、版元の一人「日本橋南二町目小川彦九郎」の一行十二字が、同版面他の刻文の一般とは勿論、補入後刻の刊年記享保云々の十字にさえ、墨付き・書風ともに違和してなじみをみせていないのは何故か。いうことの趣旨は、奥書半丁分に、その引札本文のところと、書肆小川彦九郎の一行と、更に刊年記事享保云々と、以上三次にわたる入木補修の刀刻があったか、とみる仮説である。証するに足る論を持たぬ故にそれは仮説なのだが、奥書引札は恐らく魚川の文章で、その版下原稿にも当初から「三ヶ所」とあり、それに対応して魚川を含む三所の名が連記してあった、か。享保・元文の頃、小川版江戸俳書に「彫工吉田魚川」の刻銘あるもの少なからず、一体に近世版刻史上、刻工が書物にその名を出す、古く且つ希有な例であった。更に、刊記や奥書のところにこの者のみを載せるものさえ幾つかあり、刻工としてばかりでなく、時には編集・製本等本造りの一切、あるいは売弘め所、版元といった本屋まがいの仕事にまで手を拡げていたらしい。一々について詳しくも調査してはいぬが、一般の売り本というより、私家版、仲間内の本、配り本といった気味の本を多く取扱ったのではあるまいか。そして『さくらかゞみ』の場合、自ら編者・彫工・製本・版元のすべてを兼ね、相合に他の二軒と組み、その一つが小川だった、と考えてみるのである。はじめ、吉田と小川外一の三軒連記だったのを、何かの事情あり、吉田のみを据えおいて他の二を削り、次に改めて小川一軒のみを復元加入させ、その如く入木した。例えば延享元年刊俳書『千登李の恩』の版元記「東武日本橋南二丁目　小川彦九郎」の書風に比較して、『さくらかゞみ』のそれを小川の筆とみるのは如何か。但し、これ等の時点で「三」を「二」に訂正することなく、次いで刊年記新刻補入の際、漸く「三」を「二」に改めた、か。

旧和露文庫天理本廿一丁オ

　無刊年記本と有刊年記本との本文の異同は、上述の外にもなお幾つかある。即ちその一つ、

　　無刊年記本、廿一丁オ

浅艸寺のさくらハにくからぬ名にめてゝ
浮世の人のなかめをあらそふ
うかれ男の同し桜に戻りけり　　西鳥
提灯のかハりに植しさくら哉　　芦鶴
　其引
観音に千の手くたの桜かな　　青壚

有刊年記本、同所

浅艸寺のさくらハにくからぬ名にめてゝ
浮世の人のなかめをあらそふ
うかれ男の同し桜に戻りけり　一笠庵 西鳥

其引

観音に千の手くたの桜かな　青瓐

提灯のかハりに植しさくら哉　芦鶴

右有刊年記本西鳥の庵付け肩書「一笠庵」は入木、「其引」及び以下の二句二行は句順等を変更した上での無刊年記本のかぶせ彫りで、まことに手のこんだ所業だった。

『さくらかゞみ』祝儀寄句巻軸の作者は万界夫来川。『俳諧大辞典』に、

足立氏。初号、古鈴。別号、水軒・万界夫。元文元年十二月十五日没。江戸住。倫里の息。著書『夢物語』『金台録』（荻野）

と。享保十九年刊『金台録』所収の文章「東隣」に自注して「於石町寓居」、同じく如皐との両吟俳諧発句に、

尾を以て鐘に向へる蜻蛉哉　来川

石町鐘楼に隣りして庵住したのだろう。元文元丙辰歳臘月日掃月菴半路観団斎有序追善集『雪之跡』によれば、没は二十五日に訂すべきか。「ながきわかれをかなしむ妻もなければ、のこりとゞまつて是をなげく一子もなし」と、半路のその序文にはある。当時享保江戸俳壇でとりたてての大きな流派ということでもなかったが、ともかく『雪之跡』に来川門一統の名を多く連ねてあるのはいうまでもない。

来川尊師、川の一字をたまハるより、あけくれの業につき、世にさくら木のその名ある事、ひとへに尊師のめぐみにこそ。よつて泣人ほしく小夜ちどりの吟にすがりて

我ハ泣その恩ふかし川千鳥　魚川

と。魚川は来川門だったのである。さればこそ、自編『さくらかゞみ』の巻軸を尊師の作で飾った。『雪之跡』巻初に所収「於法苑山牌前興行」追善歌仙の発句が団斎半路なるに対し、揚句は魚川。来川門に於ける序列は低い方でもなかったらしい。享保十九年半路跋、彫工吉田魚川、柳枝軒小川彦九郎版『夢物語』に、来川・半路・西鳥三吟一座の俳諧あり、又、半路・西鳥・寸長等が当時江戸俳壇にあ

っての親近の一グループだったと、大辞典享保二十一年刊芦鶴『絵具皿』に説明する。享保末年魚川編『さくらかゞみ』と、元文初来川追善集の『雪之跡』とに入集作者の互見重複するのは当然とせねばなるまいが、『さくらかゞみ』寄句作者三十二名のうち、桑々畔貞佐等二、三を除き、さして知名のものをみないのも、あながち編者魚川の非力とばかりではなく、一門を挙げて応援したかと思われる来川の江戸俳壇におけるそれが実際の姿だったのではあるまいか。姉妹篇などいわれながら『絵本金竜山浅草千本桜』の賑やかさに似もつかず、又直接両書に何の関係もない。

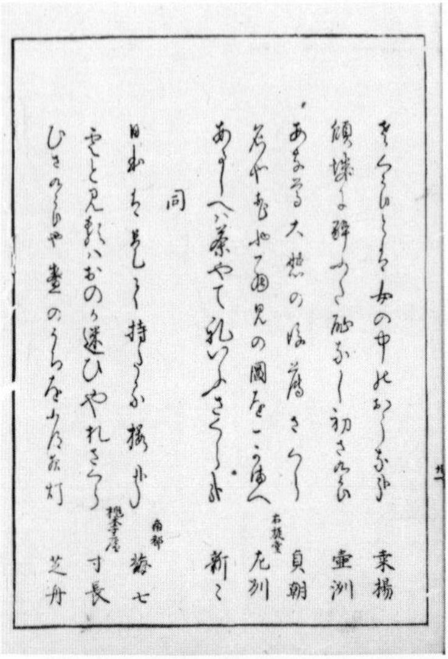

旧和露文庫天理本廿一丁ウ

前述法苑山牌前追善歌仙の発句は半路、脇が西鳥、ここらが来川門での順位の常識だったかも知れず、この一笠庵西鳥、蕪村の初号かとしてかって問題の人だったに過ぎぬ（志田義秀昭和一四・一二『奥の細道・芭蕉・蕪村』所収「西鳥は蕪村の初号かの問題」、杉浦正一郎昭和一七・四『俳句研究』前掲論文、その他）。

有刊年記本で寄句第二作者西鳥の肩書をわざわざ入木までして補ったのは、同門の巻頭句者半路の作者付に諷可亭とあるに調子をあわせたのだろうか。この修正が西鳥の意から出たものならば随分些細なこだわり、編者魚川自らなすところとすれば、それも随分芸のこまかな編集上の一配慮といえようか。同様のことは、無刊年記本寄句に、

隙て居る木陰ハなけれ札さくら　寸長

に対し、有刊年記本では、

雲と見るハおのか迷ひや札さくら　桃李庵 寸長

「雲と見るハおのか迷ひや」は入木。及び、来川門のこれも上足の作者寸長に、庵付け肩書のことさらなる入木補記、事情は前述に相通ずるか。且つ、「隙で居る」「雲と見る」の両句、作の巧拙をいわぬとならば、両々句意明瞭、なの

に厄介の手数も考えず敢えて入木改作をしたのは、やはり作者寸長の新たなる申し出によるか。そして、無刊年記本では半路・西鳥・芦鶴と連続し、次に「其引」として青瓐から始まる。それを、有刊年記本では「其引」の順序をかえて芦鶴からと改めたのは、来川門の半路・西鳥と、他門の芦鶴・青瓐を区別する意味に於て、有刊年記本の処置を正しいとせねばならぬ。

『さくらかゞみ』は魚川の自編、多分その自筆版下で、且ついうまでもなく自刻、要するに、この本の一切が彼の手作りになるもので、連名の小川は出来上った本に対する単に相版元に過ぎなかったのであるまいか。諸本解説の項にも記したように、管見のすべてそれぞれ表紙の意匠を異にし、それだけでも新吉原女郎衆の発句集にふさわしい華やいだ色気を漂わせているのも、本集にかけた魚川の心意気、粋好みというものでなかったか。俳書の表紙に模様紙を使うのさえ尋常でないのに、まして一冊ごとにあれこれ替り表紙を付けるなど、殆んど例を知らぬが、一体にこの者の手になる本には一工夫あるものが多い。

入集料をとって一書を編む、といった書物作りの方法は俳諧の世界には古くからあって、さほどに珍しく突飛なことでもない。『さくらかゞみ』でも又、「千もとのさくらをうつし植て、春ごとの詠をいや増しめん事をねがひて、これがために各々はいかいの一句を乞て」云々魚川自跋から推して、その作品募集の引札に発句入集料が一句弐匁などと書いた『続さくら鏡』に同じいき方だったかと想像される。本集所収の遊女発句総数三一九、一句弐匁として計六三八匁の約十両前後が入集料として魚川の手許に集まったわけで、「板行出来の上、本一部づゝ進上」したはずなのだから、少なくともこの部数は印刷されたことになる。このところまでは『さくらかゞみ』は不特定多数者への売り本でなく、一部代弐匁前金納入の予約本的性格のものであった。この程度の俳書の弐匁はやや高いめか、まあ普通だったか。配り本を一応すませた後、売り本に切りかえる、それをしほに刊年記を補刻し、且つ如上の本文修正を施したか、などいろいろ考えてみるのである。女郎は勿論、抱え主にしても、自分や店の宣伝・贈り物用にも何冊か必要だったろうし、馴染女の風流をめでて一冊を求める客筋も何程かはあったはずだから、この本にはかなりの売れゆきが見込まれていたか、などとも思ってみる。そして、その売弘め所として小川彦九郎がこの企画に新規参加したのではあるまいか。

二

『さくらかゞみ』の内容については、忍頂寺本などの識跋により、およその見当はつく。なお、稀書複製会第六編所収『絵本金竜山浅草千本桜』(注七)解説にいう、

> 浅草観世音本堂裏の籔を伐り拓きて、それを奥山と称しはじめしは享保十八年なりしが、其時、新吉原の遊女ども桜樹千株を寄進して境内に植込み、翌十九年の花盛りを待ちてその枝々に遊女の名を書きたる短冊を吊し、かくして江戸八百八街の遊冶郎共の心をそゝりき。『洞房語鑑』巻三に「浅草寺奥山を開き、享保十七年十一月念仏堂開基善応、吉原五町より金五十両奉納、奥山に遊女共桜を寄進に植申候。江戸町一丁目分〆百五十本、五町にて凡そ千本に余れり。樹毎に札を附て遊女の名を記し、千本桜と云、矢大臣門左の方より弁天山表通り迄古木影重居候。

云々、と。当時の吉原五丁町にどれ程の彼女たちがいたか、例えば享保十八年三文字屋亦四郎版新吉原細見『浮舟草』(注八)「女郎合印」によれば、大夫揚屋付四人、かうし揚屋付六拾五人、大夫さん茶弐人、新座敷持弐百九十人、ちうや新弐十二人、座敷持百弐拾七人、部屋持三百拾五人、但シ二十五人新印、以上には「惣かし迄つぼねやハ入不申候」とある。寄進の凡そ千本の桜にこの人達大方の名札を下げたのだろうが、それとは又別に三一九人が『さくらかゞみ』入句の作者となったのである。そのうちの幾つかに蔭の作者や代句のあったのはいうまでもなかろうが、それにしても吉原女郎衆俳諧人口の何と高率なことか。朋輩衆への意気地、抱え主や店ぐるみの張合い、ひやかし半分な客衆のけしかけ等々、いろいろからみあうことも多かったか、と思う。複製『享保末期吉原細見集』花咲一男さんの解説によれば、享保十七年の細見さがみや平介版『男女の川』に、誹諧点者として初代収月が吉原の廓内に居住しており、鶴喜版の十八年・十九年・二十年の各版にも、揚屋町右側、茶屋きりや佐兵衛と商人かめ屋の間の路地の奥に場所が記載されている、と。なお、享保五年いがや版一枚刷りに、

京町一丁目　月次誹諧会　金翁

江戸町一丁目　誹諧月次会　雲鼓堂
享保十六年 ひらのや版に、
江戸町一丁目　はいかいし　古川

などの資料紹介がある。吉原女郎衆の皆々がこれ等俳諧師月次の常連だったとは思わぬが、彼女等のかなり多くが俳諧の風雅に執心だった、と考えてよいのではあるまいか。

享保・元文頃の新吉原細見は、山本・鱗形屋・鶴屋或いは三文字屋などその他からも、毎年春秋の二季ごとに、小本や横本で、中味の仕立方もそれぞれ違った趣向で、続刊されている。例に、版元神田新石町さがミや平助、うり所吉原揚屋町三文字や亦四郎、享保二十年閏三月改『うき船草』は小本、女郎屋は江戸町一丁目両側から初まり、記載の体裁は、仲之町の道をはさんで鳥瞰図式に上下二段に組み、大門より見て右を本の上段に、即ちいせ屋二郎右衛門・さかいや久左衛門、そして左手を本の下段に、玉屋山三郎・大津屋庄右衛門、といった具合に進む。又、版元所大伝馬三丁目山本九左衛門版、筆工近藤清春、改役浅草田町万や清八の享保二十一年『所縁桜』は横本で一段組み、いせ屋次郎右衛門・さかいや久左衛門・松葉屋半左衛門と、「江戸町一丁目中之町ゟ右がわ」から続く。同じく享保廿一丙辰年改、筆工近藤清春筆、売所新吉原揚屋町三文字屋又四郎、板元人形町通り平野屋善六郎は横本、「江戸町一丁目中之町より右側ノ部」より始まるが、店の順序は前出『所縁桜』に相同じ。これに対し、享保十七年の、多分春版か、傭書紫楓堂三同、大伝馬三町目鶴屋喜右衛門版は横本、一段形式で「江戸町壱丁目中の町ゟ右がわ」ひしや甚右衛門・かたばミや三左衛門・松ばや半左衛門と続くが、その秋版かと思われる同じく鶴喜版では、版下の様子はすっかり改まっているものの、店の順序は前の通りで、更に翌十八年板のには十七年秋版の板木をそのまま流用している。享保十八年鶴喜版の天理本は三田村鳶魚旧蔵、題簽欠。同じく東大本は平出旧蔵の「水四十三　全一冊」、これも題簽欠だが後人の付箋ありて、「千本桜」と。この付題の正否は知らぬが、一応いうところに従うことにする。記載女郎屋の順序についていえば、伊勢屋から始まるものと、菱屋からとの二つの型があったらしい。各店での女達の位取りは厳にして冒すべからず、細見記もそれを忠実に表わしていたはず、それが「毎月改め」なのだから。但し、同じ版元では、毎回新板を起すことはせず、新規の退入廓には板の削去や補刻で間に合わせ、または格式の昇降、席順の動きがあったときなど、適当にその板面上だけの処理でことを済ませており、板木そのものは各本屋蔵版の恰好で、できるだけ一つのものを、少しづつ模様がえしながら、なるべく長く、との配慮も当然である。

『さくらかゞみ』入集遊女三一九人の作は店主ごとにまとめた形で記載、そして、「江戸町右」の菱屋甚左衛門内・万字屋喜兵衛内・玉屋三郎右衛門内・山口屋七郎右衛門内、等々、順序からいえば、鶴屋版系に共通する。『さくらかゞみ』の募集に吉原の全女郎が出句したのでないのと同じく、又すべての店が尽くされているわけでもない。享保十八年鶴屋版の「江戸町壱丁目中の丁より右かわ」は、ひしや甚左衛門・かたばみや三左衛門・松ばや半左衛門・万じや喜兵衛・たまや三郎右衛門・山しろや太次兵衛・山口七郎右衛門・まんじや又右衛門・かしわや次郎助まで、以下左側に移る。これと『さくらかゞみ』とを較べ、細見にあって『さくらかゞみ』に見えぬものの数、必ずしも少なくない。こうした晴がましい機会をどうして利用しなかったのか、店主の不執心の故か、女どもたまたまそろって不風流者の集まりだったからか、その間の消息全く知るよしもない。

『さくらかゞみ』集中の圧巻として蜀山を驚倒させたものの一人遣手はるは、江戸町一丁目右がわ山口屋七郎右衛門雇いであった。

桜にも出ぬは底なきうつハ物　　　はる

徒然草例の「底なき玉の盃」の言説を踏まえての趣向だろうが、徒然ばやりの当世とはいえ、遣手にして斯様の詠み口、この者の素性も奥床しい。『さくらかゞみ』に出句女郎衆の人数割りははるの雇主山口屋内がとびぬけて多いのだが、禿二人付きの座敷持から遣手の端々に到るまでの俳諧好きは、元来この店の風儀だったのかも知れない。集に所見の作者列名は、白糸・春日野・白菊・音羽・あやめ・八雲・ふじえ・立花・松がえ・菊川・夕霧・いりへ・和国・難波・吉岡・よし野・ミなと・玉菊・糸桜・はる（ヤリテ）、以上二十名。享保十八年鶴屋版『千本桜』山口屋抱え遊女列名、白糸（ヨビダシ）・しら菊・をとは（以上∧∧）、八くも・あやめ・ふちへ・松かへ・かすかの（以上∧∧）、次は一名分「へた

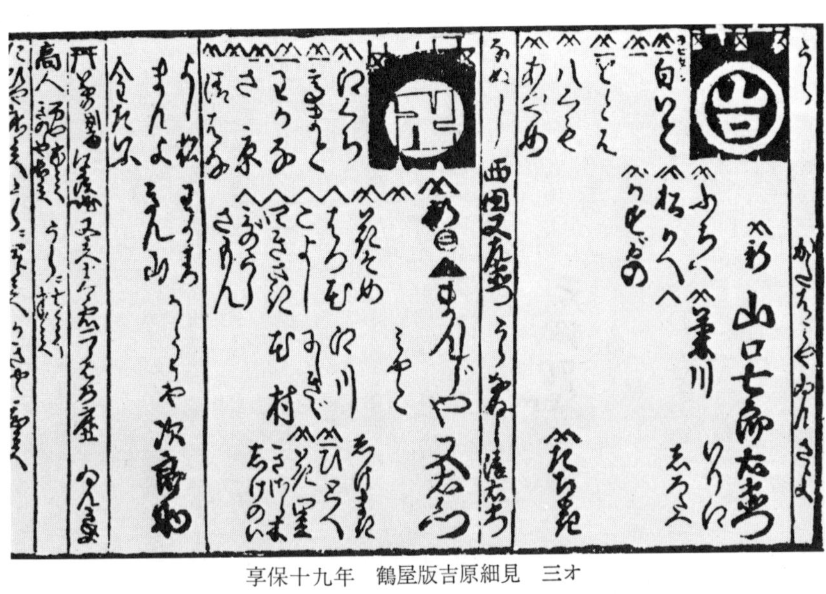

享保十九年　鶴屋版吉原細見　三オ

ち花」の∧印のみを残してたち花の名籍を削り、空白。続いて、夕霧（下リ）・山ふき（同）（以上∧∧）、菊川（∧∧）、さんご（∧）、なにはづ・よし岡・いり江・ミなと・和国・よしの・玉きく・糸さくら（以上無印）、そして十七年までの∧たち花がこの時から昇格、∧∧たち花として最後の余白に入木補刻して、計二十一名、中々の大店である。はるの名はみえぬが、細見に遣手を記入するのは元文の末頃からという。全く店を挙げての作者ぶりである。

享保十八年鶴屋版『千本桜』巻初ひしや甚左衛門抱えは、ゐにし・ひとへ・つま木・からいと（以上∧∧）、かうはい（∧）、つま岡・やまぢ・きく川・にしほ・まつよ・ところ・をり江（以上無印）、計十二名。翌年のは前年度の版をそのまま訂正流用して、ゐにし・ひとへ・なミへ・からいと（以上∧∧）、かうはい（∧）、つま岡・ゐもん・きく川・にしほ・いつミ・とこよ・をり江（以上無印）、計十二名。十八・十九の両年分を比べ、つま木→なミへ、やまぢ→ゐもん、まつよ→いつミ、この三名が入木交替、女郎流動の激しさに改めて驚くわけだが、『さくらかゞみ』入集菱屋内作者列名は一重・ゐにし・妻木の三。共に店では入山形の座敷持、最上位を張る連中だったが、こうした傾向は集全体を通じていえることで、高級遊女にはそれだけの躾も必要だったのであろう。ずっと上職を張り続けてきた∧妻木が、十九年の細見では∧印のみ残し菱屋から名を消し、その削られたところに新規抱えなミへの名がその格式で入木補刻されてある。十八年の『千本桜』は春版か秋版か、上引十九年の鶴屋版は花咲さんの複製によったのだが、底本は八木敬一氏蔵、春秋不明と解説にはある。いずれにしても、『さくらかゞみ』妻木が菱屋内として入集している以上、まだそこに在籍中享保十八年の作とみなければなるまい。もう一度山口屋内を鶴屋版で引いてみようか。即ち、白いと（ヨビダシ）・をとは（∧二）、八くも・あやめ・ふちへ・松かへ・かすかの・菊川（以上∧）、いり江・しろたへ（以上無印）、それに入木の∧たち花がそのままに残留。前年の二十一名が十一名に激減して、その消滅した十名の名どころは板木が削られたままの空白、稼業の浮沈実に常ないものとはいいながらあまりにも荒涼で、店の面目もあったものでない。

『さくらかゞみ』作者列名は細見記享保十八年版に概ね一致し、十九年に多く合わない。とすれば、本集の企劃や募集、編輯等の実際にいたるまで、十八年千本桜寄進の時からも早々に初められ、少なくとも集句の作業は十八年内にも出来ていたかと思われる。さて、翌十九年春、千本桜の折にあわせて上梓刊行、予約どおり三百何人かの女郎衆の手許にまず進上されたのではあるまいか。例の有刊記本享保十九歳寅歳の「五月吉日」では、とんと「五月の桜」になってしまうわけで、三月桜の咲く時分でこそ、蜀山流にいって、「おいらが桜かな」と禿衆までもはしゃがせる、というものである。享保云々五月吉日の刊記日付け等は、やはり春の一騒ぎすんだ後での、改めての売り本時の入木とみたいのである。

なお、『続さくら鏡』は、入集句募集引札にもかかわらず、その伝存するものを見聞しない。板行不首尾、未刊のままに終ったか、恐らくは集句自体さえはかばかしくなかったとすれば、遊君どもの風流三昧も案外その時かぎりの付け焼刃だったかも知れず、以降千本桜に因んでの遊女句集編のあったことを知らない。（注九）

注一　『用捨箱』にはこの引用に続いて『絵本金竜山千本桜』の奥村政信画筆を引いて袖頭巾を画証。即ち、

　此さうしに年号は見えざれども、桜鏡と同時なる事は標題にて明なり。されば、享保年間より袖頭巾あり。

云々、と。種彦の拠ったのは有刊年記本であったらしい。なお、『柳亭種彦翁文庫目録』に『桜鏡』『絵本金竜山千本桜』、ともに所見しない。

注二　『奴師労之』六十一

さくら鏡に〔享保十九甲寅板〕

　桜にも出ぬは底なきうつは物　山口屋七郎右衛門内やりて　はる

洞房語園元文三戊午板

　イツチよく咲たおいらが桜哉　かしく

あまたの中に、此この発句をもて圧巻とすべし。続江戸砂子に、

云々、下略。

注三　『続江戸砂子』巻之五の三「四時遊観」の条に、

[増]千本桜　浅草寺本堂のうしろ

いにしへ丑のとし、藪をひらきて桜樹をおほく植て、寅の春を待顔也。春来却作宴遊地　闔国壮観千樹桜と作られたる御室のすがたを見せたり。さくら木の一もとごとに願主の札を貼す。その中におほく北方の佳人あり。女筆うるハしく記せり。大悲の光り色そへて、此春はじめてしら雪を見せ、初花の雪をふらす。

千載　ふめはおしふまねはゆかんかたもなし心つくしの山桜かな　赤染　衛門

題新桜樹　色も色植人も植人はなさかり　宇田川末石

注四　『南畝文庫蔵書目録』巻三「青楼」部に、

さくら鏡　一巻享保十九寅歳彫工吉田魚川

金竜山浅草千本桜　二巻

注五　『洞房語園』中巻二十二丁以下第二十六丁まで、江戸著名の俳諧宗匠の、或いは遊女等の浅草寺千本桜の発句を載せる。うち、その初め、

　回文三章

浅草寺蘭若の後園に、往じとし、桜を植られし事のはじめは、鷹叟の歳旦輯の序に逑られたり。千株にこへたる桜の枝ごとに君が名の札を付たるを、それかあらぬか、木の下陰によミあたりたる其名にハ、心のはなひらけとうたふもあり。かくばかり艶なる花桜に、狼

藉の禁札あまた所に立られしかば、手折ラむとする人
もなく、其おいさきも殊にめでたく、代々につたへて
二ッなき桜田といはふてより、回文の趣向にとり侍り
ぬ

しなつたふ桜のらくさ二ッなし　　乙　麿

（中略）

イッチよく咲たおゐらがさくら哉　　かしく

云々、下略。

注六　『和露文庫俳書目』に、

さくらかゞみ　雛の散一塊序 自跋　吉田魚川　享保十九寅歳五月 吉田魚川 小川彦九郎

江戸吉原の遊女の吟になる桜の句を集めしものにし
て、巻末に半路・西鳥・桑楊・貞佐等の句をも添へた
り。

注七　稀書複製会第六期所収の底本「江戸本石町十軒店山
崎金兵衛」版は、後印か。

注八　鼠璞十種本『新吉原細見記考』に

△浮舟草享保十八年。天保十四年に至、百十一年に及。

（前略）此本は享保十八年初春の発兌なることうた
がひなし

云々、と。同『高尾追々考』に「享保十八年正月、浮舟
草横本黒表紙」云々、とみえる。

注九　『さくらかゞみ』には役者関係の入集なく、ケンブ
リッジ大学蔵『三座せりふ尽し』享保十九年の「江戸桜
五人男」も当面の千本桜に無縁であった。

あとがき

この解説は、浜田義一郎さんの古稀御祝い本『天明文学』に寄せた吉原俳書「さくらかゞみ」影印複刻につけた文章を、許されて略々そのままに転用したものである。

『天明文学』ではややせせこましく収められた影印の姿を、大きく一面一頁に改め、更に享保十八年鶴屋版吉原細見を新添した。この二つ、互に最も相参照すると考えたからである。

天理図書館・横山さん・阪大国文教室の諸先生をはじめ、花咲一男さん、早稲田大学の雲英さん、同じく鳥越さん、天理大学の大橋さん、撮影から本作りの一切に至るまでお世話下さった同室の太田さん・岡嶋さん・勝村さん—随分多くの方々の御恩に与った。乍末々篤く感謝する。

餘二稿　五

昭和五十四年九月二十四日

木村三四吾編校

家在寧
楽興福
尼寺前